Aysa, Sophie und Jaimo –
Geschichten aus Deutschland

Ein Lesebuch gegen Fremdenfeindlichkeit

Mit Illustrationen von Charley Case

Nele Julius, Ilka Eickhof, Marie Becher, Jörn Holtmeier,
Hannah Kalhorn, Lena von Krosigk, Christian Schmidt-Rost

CommunityArts e.V. (Hrsg.)

COTHENIUS-GRUNDSCHULE ANKLAM

Für Shin Yasui,

der mich verstehen gelehrt hat,
was es bedeutet, in einer Gesellschaft der Mehrheit
oder der Minderheit anzugehören und dessen Wirken mir
Inspiration und Verpflichtung ist:

Shin, wherever you went you were the minority. You
struggled for the basic rights of all, but never fought. You
believed that peace was as much a part of the mind as it
should be a part of society.

Es gibt nicht viele Menschen, die das große politische,
historische und gesellschaftliche Ganze sehen und dennoch
immer den einzelnen Menschen darin im Auge und Herzen
behalten. Du warst einer dieser besonderen Menschen.

Wir vermissen Dich!

Bibliografische Information Der Deutschen Bibliothek
Die Deutsche Bibliothek verzeichnet diese Publikation in der
Deutschen Nationalbibliografie; detaillierte bibliografische Daten
sind im Internet über <http://dnb.ddb.de> abrufbar.

ISBN 3-9809286-0-8

© CommunityArts e.V., Berlin 2003

Druck: agit-druck gmbh
Bindung: Stein & Lehmann
Layout: Adam Naparty
Lektorat: Katrin Wiethege
Illustrationen: Charley Case, Ilka Eickhof (S. 103, 105,
112, 114, 120, 124, 126, 128)

Liebe Schülerinnen und Schüler,

viele von euch waren sicherlich schon einmal in anderen Ländern wie Spanien, Frankreich, der Türkei, Dänemark oder vielleicht sogar in den USA. Oder ihr kennt vielleicht Menschen, die in einem anderen Land leben oder wegen ihres Berufes in fremde Länder reisen.

Nach Deutschland sind Menschen aus der ganzen Welt eingewandert. Sie kamen und kommen aus beruflichen Gründen, weil sie hier studieren, heiraten oder auch weil sie vor Krieg und Verfolgung flüchten.

Die Kinder und manchmal auch Enkel der Einwanderer sind oft bereits hier aufgewachsen und ihr besucht zusammen die Schule. Habt ihr schon einmal nachgefragt, welche Geschichte sich hinter der Einwanderung einer Familie verbirgt, was zu Hause gerne gekocht wird, wie die Familien ihre Religion leben, welche Sprache zu Hause gesprochen wird und welche Lieder und Spiele die Kinder vielleicht noch von ihren Großeltern kennen?

Die Geschichten im „Lesebuch gegen Fremdenfeindlichkeit" berichten aus dem Leben dieser Kinder. Sie erzählen von der Vielfalt der Sprachen und Kulturen, der Schicksale und Wünsche von Kindern aus aller Welt, die in Deutschland ihre Heimat gefunden haben.

Ich wünsche euch viel Neugier beim Entdecken der vielen Kinderwelten und viel Spaß beim Lesen.

Eure

M. Beck

Marieluise Beck
Beauftragte der Bundesregierung für Migration, Flüchtlinge und Integration

Liebe Schülerinnen und Schüler!

„Lesen macht Spaß": Denn Bücher entführen in unbekannte und in erfundene Welten, in denen es Zauberlehrlinge und Hexen gibt, Drachen, sprechende Bäume oder rätselhafte grüne Schuhe. Sie regen die Fantasie an. Doch diese Buch-Abenteuer passieren nicht bloß im Kopf. Bücher können auch dazu beitragen, dass man die eigene Welt mit anderen Augen sieht. Sie können ein zündender Funke sein und Denkanstöße geben. Manches, was man bislang nicht verstanden oder überhaupt nicht bewusst wahrgenommen hat, das fällt einem plötzlich auf, das macht nachdenklich.

So ist es auch mit diesem Buch. Die Geschichten von Aysa, Sophie und Jaimo beschreiben den Alltag von Kindern aus Deutschland, von Kindern, die ganz besonders sind. Ihre Namen fallen auf, manche von ihnen habe eine andere Hautfarbe, die meisten haben eine andere Muttersprache, ihr Gott hat einen anderen Namen. Einige tragen andere Kleidung, manche lieben anderes Spielzeug und haben andere Lieblingsgerichte. Wieder andere von ihnen leben fast in zwei Welten: in der einen Welt der Schule und in der anderen Welt ihrer Eltern. Die meisten haben andere Sehnsüchte, andere Wünsche.

Diese Kinder – Aysa, Sophie, Jaimo und all die anderen – gehören zu uns. Sie sind keine Fremden. Dieses Buch hilft dabei, dass wir mit ihnen vertraut werden und sie mit uns, dass wir lernen, dass wir – trotz aller Unterschiede – zusammengehören. Deshalb wünsche ich diesem Buch sehr viele Leserinnen und Leser, die mit ihren Mitteln dazu beitragen, dass wir ein buntes, vielschichtiges Deutschland werden, in dem jeder seinen Nächsten uneingeschränkt respektiert!

Ute Erdsiek-Rave

Ute Erdsiek-Rave
Ministerin für Bildung, Wissenschaft, Forschung und Kultur
des Landes Schleswig-Holstein

Liebe Schülerinnen und Schüler!

In einer Großstadt wie Berlin begegnet ihr jeden Tag vielen Menschen aus unterschiedlichen Ländern und Kulturen. Einige besuchen unsere Heimatstadt für ein paar Tage, andere leben inzwischen für immer bei uns. Das Zusammenleben von Menschen aus ganz unterschiedlichen Ländern und Kulturen gelingt umso besser, je besser wir uns kennen und verstehen. Das zu vermitteln, ist das Ziel von interkultureller Bildung.

Grundsätzliche Voraussetzung für ein friedliches Zusammenleben in einem demokratischen Staat ist Toleranz. Toleranz ist mehr als Duldung, ist kein bloßes Nebeneinander verschiedener Kulturen. Toleranz bedeutet vielmehr Verständnis und auch gegenseitige Beeinflussung. Toleranz kann und muss gelernt werden, genauso wie das Lernen voneinander notwendig ist.

Euer Engagement und das eurer Lehrerinnen und Lehrer ist entscheidend für den Aufbau von gegenseitigem Verständnis und Toleranz bei der Bekämpfung von Gewalt und Fremdenfeindlichkeit.
Bildung und Erziehung zur Demokratie und gegen Fremdenfeindlichkeit muss Teil des Schulprogramms und ein Qualitätsmerkmal des Unterrichts sein.

Ich wünsche euch beim Lesen dieses Buches viel Freude. Aus den Geschichten werden sich viele interessante Gespräche und Diskussionen ergeben.
Mein besonderer Dank gilt den Autoren und Herausgebern dieses Buches.

Klaus Böger
Senator für Bildung, Jugend und Sport der Stadt Berlin

Inhalt

Liebe Kinder,

in diesem Buch findet ihr Geschichten von 25 verschiedenen Kindern, die alle in Deutschland leben. Jedes der Kinder hat eine andere Geschichte. Die Familien der Kinder leben aus sehr unterschiedlichen Gründen in Deutschland: Einige leben schon immer hier, andere sind erst in den letzten Jahren gekommen. Manche von ihnen wollten ihr eigenes Land verlassen, zum Beispiel um in Deutschland zu arbeiten, aus Liebe oder um ein neues Land kennen zu lernen. Andere Menschen waren gezwungen, ihr Land zu verlassen, zum Beispiel weil Krieg war, weil sie verfolgt wurden oder Hunger leiden mussten.

Die Geschichten der Kinder in diesem Buch zeigen, dass in Deutschland viele Menschen mit unterschiedlicher Kultur, Nationalität, Sprache und Religion leben. Diese Vielfalt ist gut! Sie ist spannend, und wir können viel voneinander lernen. Aber natürlich ist es nicht immer leicht, wenn viele verschiedene Menschen zusammenleben. Es kann Konflikte, Streit und manchmal auch Gewalt geben, wenn Menschen unterschiedlich sind. Deshalb ist es so wichtig, dass alle viel miteinander reden und einander zuhören, dass Dinge erklärt werden, wenn man sie nicht versteht, und dass man sich traut, nachzufragen. Dann können wir verstehen, warum andere Menschen andere Meinungen haben oder warum sie manche Dinge anders machen, als man es selbst gewohnt ist. Wir müssen hinterher nicht alle die gleiche Meinung haben, aber wir müssen einen Weg gefunden haben, wie wir mit unserer Unterschiedlichkeit gemeinsam in Deutschland und auf dieser Welt leben können.

Jedes von euch Kindern kann – wie auch jeder Erwachsene – etwas dafür tun, dass unser Land für alle Menschen, die jetzt hier leben, und für alle, die noch kommen werden, ein gutes Zuhause ist!

Viel Spaß beim Lesen der Geschichten wünschen euch
    Ilka Eickhof
    Nele Julius

Berlin, im November 2003

Eine Piñjata für alle

Der Leopard ist stark und schnell. Und er folgt Enrico aufs
Wort: Er trägt ihn nach Caracas. „Ans Meer, bitte", sagt
Enrico, und schon reitet er den Sandstrand entlang. Er bückt
sich und lässt einen Krebs auf seine Hand krabbeln. So hat er
immer Krebse gefangen, damals mit Papa und seinem großen
Bruder: Sie schmecken gut mit Salz, Pfeffer und Zitronensaft,
zusammen mit Fisch und Tomaten...

Enrico fährt auf. Er hat im Schlaf die Decke weggestrampelt.
Der Leopard war ein Traumleopard.

Das hier ist sein Bett im Schlafzimmer seiner Mama in
Berlin, an der Wand hängt die Panflöte, im Gitterbett schläft

seine Babyschwester. Enrico findet sie sehr hübsch mit dem dunklen Haarschopf und der braunen Haut, genau so hat er als Baby ausgesehen. Sie heißt Maria, ihr Vater ist Mamas neuer Freund, und nach der Geburt hat Mama gesagt: „Jetzt reicht's!"

Eigentlich wollten sie damals nicht weg aus Venezuela, Enrico und seine Mama. Aber Vater hat sie verlassen und ist mit dem älteren Sohn und einer anderen Frau nach Deutschland gegangen. Auch Enrico und seine Mama sind nach Deutschland geflogen, aber allein, und haben in Berlin ein neues Leben begonnen. Berlin gefällt Enrico. Nur am Anfang im Kindergarten, als er kein Wort Deutsch sprechen konnte, war es nicht schön, da hatte er keine Freunde. In der Schule hat er nun viele, und Freundinnen noch dazu.

Sie mögen ihn, weil er beim Fangen schnell ist. Manche Jungen lassen sich von ihm in Mathe helfen. Sie nicken, wenn er Michael Ballack von FC Bayern München für den tollsten Spieler hält, sie sagen: „Komm mit uns Fußball spielen." Aber Mama jammert, wenn Enrico mit so vielen blauen Flecken heimkommt.

Mit Julia kann er über Tiere reden. Julia hat einen Hund, einen schwarzen Labrador. Sie leiht ihn Enrico zum Spazierengehen. Sie versteht, dass Enrico Tierarzt werden will. Und dass ein werdender Tierarzt schon als Junge Tiere um sich braucht. Als Enrico von seinem Vater erzählt, hat Julia zuerst gelacht. „Er hat uns liegen gelassen, die Mama und mich." – „Sitzen lassen, Enrico, das heißt: sitzen lassen."

– „Gut. Er hat uns sitzen lassen." – „Finde ich echt gemein, Enrico!"

Nicht alle sind so nett wie Julia. Stefan verspottet Enrico wegen seiner braunen Haut. „Kacke! Kacke!"

„Selber Kacke!", schreit Enrico jedes Mal zurück, obwohl Stefans Haut sehr weiß und mit Sommersprossen übersät ist. Stefan soll nicht meinen, dass er Enrico kränkt! Inwendig fühlt Enrico sich aber traurig. Wer kann ihn trösten? Jesus in der Kirche? Enrico geht ganz gern in die Kirche, aber wenn er Jesus am Kreuz sieht, denkt er: „Der ist da oben festgenagelt. Der kann vielleicht gar nicht mehr so viel helfen!"

Kann Mama ihn trösten? Sie versucht, ihn auf andere Gedanken zu bringen. „Du hast bald Geburtstag, Enrico. Was wünschst du dir?"

„Einen Babyhund."

„So viel Geld haben wir nicht."

„Eine Katze. Einen Delphin."

„Ach, Enrico... Aber eine Piñjata könnte ich dir machen. Die hängen wir an den Kastanienbaum unten im Hof, und du lädst deine Freunde ein. Wenn du magst, auch deine ganze Klasse."

Eine Piñjata ist eine Puppe aus Draht und Karton, außen ganz bunt und innen hohl. Das Innere wird mit Bonbons voll gestopft. So wird die Puppe aufgehängt.

Mit verbundenen Augen versucht man, sie mit einem Stock zu treffen, immer wieder, bis sie platzt und die Süßigkeiten herunterpurzeln.

Enrico weiß, dass seine Mama wunderbare Piñjatas machen kann. „Super, Mama! Und zu ‚Papa a la huankeina' laden wir sie auch ein?"

„Meinetwegen. Das schaffen wir."

„Papa a la huankeina" ist Enricos Lieblingsgericht, aus Kartoffeln, Eiern und Soße.

Die Kinder in Enricos Klasse freuen sich über die Einladung. Julia flüstert mit den anderen, sie wollen Enrico eine Überraschung basteln. Nur Stefan lehnt in der Ecke und tut so, als gehe ihn das alles gar nichts an.

„Na?", sagt Julia zu ihm. „Magst du nicht mitmachen?"

„Ich bin bestimmt nicht eingeladen", sagt er trotzig.

Julia dreht sich zu Enrico um. Sie zwinkert ihm zu. Enrico versteht. Und weil Julia gar so lustig zwinkert, gibt er sich innerlich einen Stoß.

„Zur Piñjata sind alle, die wollen, herzlich eingeladen!", sagt er laut.

Stefan rührt sich noch immer nicht. Er guckt seine Schuhspitzen an. Sein Gesicht ist rot wie gekochter Krebs.

Da geht Enrico zu ihm, schlägt ihm auf die Schulter und sagt: „Sie wird dir Spaß machen, die Piñjata!"

„Ich... ich wollte schon immer wissen, wie man bei euch Geburtstag feiert", antwortet Stefan. „Danke. Ich komme gern."

Lene Mayer-Skumanz

Die Geschichte basiert auf einem Gespräch mit dem 9-jährigen Juan aus Venezuela. Venezuela liegt im Norden Südamerikas, und die Hauptstadt heißt Caracas. Die längste Schlange der Welt, die Anakonda, ist übrigens in Venezuela heimisch.

Juan und seine Mutter haben aus persönlichen Gründen ihre Heimat verlassen, aber es gibt auch Menschen, die wegen der Armut oder unsicheren Situation das Land verlassen. Viele sind mit dem derzeitigen Präsidenten des Landes nicht einverstanden. Deshalb gibt es zurzeit leider manchmal Gewalt zwischen protestierenden Menschen und dem Militär.

Juan wird in seiner Klasse manchmal von Stefan wegen seiner dunkleren Hautfarbe verspottet. Am Ende machen Juan und Stefan einen Schritt aufeinander zu: Juan sagt Stefan, dass er eingeladen ist, und Stefan sagt, dass er gern kommt. Oft ändern sich schwierige Situationen zwischen Menschen erst, wenn sich einer traut, als Erster auf den anderen zuzugehen.

Shirin

Anne bummelte langsam die Straße entlang. Sie langweilte sich. Gestern waren sie in eine neue Wohnung gezogen, und die Eltern waren noch beim Einrichten. Es gab hier hübsche Häuser mit Gärten, aber sie konnte keine Kinder entdecken. Es waren ja auch Ferien und die meisten verreist. Aber dort, in einem Vorgarten, saß ein Mädchen, etwa so alt wie Anne, auf einer Bank. Es war hübsch, hatte lockiges, schwarzes Haar und eine braune Haut. „He", rief Anne, „hallo!" Das Mädchen schaute mit großen, dunklen Augen auf und nickte ihr freundlich, aber schüchtern zu. Anne war enttäuscht, dass das Mädchen sich wieder seinem Puzzle zuwandte. Aber es schien nicht weiterzukommen. Plötzlich sah Anne, dass eins der Puzzleteilchen auf den Boden gefallen war. Sie öffnete das Gartentor, trat ein und hob das Teilchen auf. „Suchst du das?" Das Mädchen nickte erfreut: „Oh ja!"

„Ich bin Anne, und wie heißt du?" „Shirin." „Du bist nicht von hier?" „Oh doch, ich bin hier geboren, aber meine Eltern sind Araber." „In welche Schule gehst du?" Shirin erzählte, dass sie in ihrer Schule nur mit ausländischen Kindern zusammen war, die Deutsch lernen sollten. Sie selber sprach schon recht gut Deutsch, meinte aber, dass sie sich immer noch schäme, wenn sie etwas Falsches sage. „Aber du machst doch kaum Fehler!", meinte Anne, und Shirin lächelte erfreut. Sie rutschte beiseite, und zusammen legten sie nun das Puzzle aus.

Eine Frau, ein Kopftuch umgebunden, kam mit einem kleinen Jungen auf dem Arm aus dem Haus, setzte Shirin das Kind auf den Schoß und stellte einen Teller mit Brei auf den Tisch. In einer fremden Sprache, die wie Vogelgezwitscher klang, redete sie auf Shirin ein, nickte Anne zu und ging rasch wieder in das Haus. „Das war meine Mutter", sagte Shirin, „sie ist Krankenschwester und muss zum Dienst. Deshalb muss ich den Kleinen füttern." „Hast du noch mehr Geschwister?" „Noch vier." Als Anne sah, dass Shirin mit ihrem lebhaften Bruder beschäftigt war, verabschiedete sie sich. Als sie am Tor war, rief Shirin: „Kommst du morgen wieder?" Anne nickte. Sie freute sich. Hatte sie nun doch jemanden zum Spielen und Unterhalten gefunden. Shirin gefiel ihr, und sie war neugierig, was sie ihr noch von ihrem Leben erzählen würde.

Am nächsten Tag erfuhr Anne wirklich viel Interessantes. Shirins Eltern waren vor längerer Zeit aus dem Gaza-Streifen, der zwischen Mittelmeer und Israel in Palästina liegt, nach Berlin gekommen, um Medizin zu studieren. Der Vater war dann auch Arzt geworden, die Mutter Krankenschwester. Sie kehrten nicht nach Palästina zurück, weil dort ständig Krieg war. Shirins Großeltern, Onkel, Tanten und deren Kinder lebten noch dort. „Warst du schon mal da?" Shirin schüttelte den Kopf. „Nein, aber ich kenne sie gut, weiß, wie sie aussehen." „Von Fotos?" „Nein, mein Papa hat uns und Oma und Opa Videos gekauft, die schicken wir uns gegenseitig zu und so weiß ich, dass mein Opa einen Bart hat und die Oma und die anderen Frauen Kopftücher tragen."

„Warum tun sie das?" „Weil Gott es so will!" „Habt ihr denn einen anderen Gott als wir?" „Nein, Papa sagt, es wäre wohl derselbe. Aber wir glauben, dass Gott andere Gesetze aufge- stellt hat, als ihr meint." „Woher weißt du das?" „Weil ich in die Koranschule gehe. Im Koran sind die Gesetze aufgeschrieben." „Ist der Koran so ähnlich wie unsere Bibel?" Shirin nickte. „Und mein Papa sagt, dass beide Bücher gut und richtig sind, dass wir aber so leben und glauben müssen, wie unsere Eltern und Großeltern und Urgroßeltern. Zum Beispiel ist da gerade der Ramadan." „Was für ein komisches Wort – was ist das?" „Wir glauben, dass Gott will, dass man einen Monat lang den ganzen Tag über nichts essen und trinken darf, weil man sonst abgelenkt wird von seinen Gedanken an Gott. Das nennt man Fasten. Nur nachts darf man etwas essen und trinken. Am Ende des Monats wird dann ein tolles Fest gefeiert, bei dem man so viel essen und trinken kann, wie man will." „Fastest du auch?" Shirin nickte stolz. „Die Kinder brauchen nicht mit zu fasten, aber ich wollte es diesmal auch." „Ist es schlimm?" „Nein, jetzt ist bald Abend, und dann kann ich etwas essen und trinken – und auf das große Fest freu ich mich ganz toll!"

Als Anne heute nach Hause ging, musste sie über so vieles nachdenken. Sie wusste, dass es Deutsche gab, die Ausländer nicht mochten. Aber sie fand es klasse zu erfahren, wie Menschen aus anderen Ländern leben. Und wer konnte Shirin nicht mögen?!

21

Anne wollte sie unbedingt zur Freundin haben.

Sie wurden schnell Freundinnen. Shirin lud Anne sogar zum großen Fest nach dem Ramadan ein. Im Hof wurde ein ganzer Hammel am Spieß gebraten, und es gab Fatah zu essen, ein arabisches Gericht aus Reis, Fleisch und Joghurt, das Anne zuerst fremd vorkam, aber je mehr sie davon aß, desto besser schmeckte es ihr. Die Kinder hatten ihre Freunde einladen dürfen. Anne war die einzige Deutsche, denn Shirins Schulfreundinnen waren alle aus anderen Ländern, aus China, dem Iran und Jugoslawien. Es wurde ein lustiges Fest. Aus einem Kassettenrekorder tönte arabische Musik, und die Mädchen fingen an zu tanzen. Shirin holte auch Anne in ihren Kreis, und sie hüpften und drehten sich, wobei Shirins langes, bunt besticktes Kleid flatterte.

Dann gab es noch eine Überraschung: Der Vater sagte, er wolle seiner Familie etwas schenken, nämlich eine Reise nach Palästina zu ihren Verwandten. Shirin und ihre Geschwister schrien vor Begeisterung und sprangen herum. Dann baten sie den Vater, ihnen von Palästina zu erzählen. Er berichtete auf Deutsch, weil das die gemeinsame Sprache war, die sie alle mehr oder weniger gut konnten, von Orangen, die man direkt von den Bäumen pflücken konnte, von der Wüste, Kamelen und dem Toten Meer, in dem man nicht untergehen konnte, wenn man in ihm schwamm, und wo es keine Tiere und Vögel gab, weil zu viel Salz im Wasser war.

Als Anne schließlich nach Hause ging, meinte sie, dass sie selten einen so spannenden und lustigen Nachmittag erlebt habe.

Ein paar Tage später verabschiedete sich Shirin von ihr. Sie hatte Anne zum Trost ein Bild von einem Kamel gemalt, auf dem sie selbst saß und Anne zuwinkte.

Anne fand, dass es wirklich klasse war, Freunde zu haben, die so ganz anders lebten als man selbst. Sie beschloss, sich auch mit Shirins Schulfreundinnen anzufreunden, am liebsten mit Angelique, die eine halbe Chinesin war und lustige Augen hatte.

Ilse Kleberger

Die Geschichte bezieht sich auf ein Gespräch mit der 8-jährigen Noor, die genauso wie ihre fünf Geschwister in Deutschland geboren ist. Ihre palästinensischen Eltern waren hierher gekommen, um Medizin zu studieren. Noor lebt gerne in Deutschland. Neben der „normalen" Schule besucht sie auch noch zweimal in der Woche die Koranschule, wo sie auch ihr Arabisch verbessert. Noor ist traurig, wenn sie Nachrichten über den Konflikt zwischen Palästinensern und Israelis hört, weil sie sich Sorgen um ihre Verwandten macht, die in der Region leben. Noors Wunsch ist, dass es keinen Krieg mehr gibt. Viele Kinder, deren Familien aus Ländern kommen, in denen es gewalttätige Konflikte gibt, machen sich Sorgen um ihre Verwandten und Freundinnen und Freunde.

Eine lange Reise

Vedran war ein kleiner Fußballer, der davon träumte,
einmal ein großer Fußballer zu werden und in der jugoslawischen
Nationalmannschaft zu spielen. Schon als er noch in den
Kindergarten ging, kickte er nicht nur auf der Straße herum,
sondern trainierte und spielte im Verein und gewann mit
seiner Mannschaft ein Pokalturnier.

Vedran hatte zwar schon gehört, dass Krieg war, aber er
wusste nicht so genau, was das bedeutet. Hauptsache, er
konnte mit seinen Freunden spielen und er kam bald in die

Schule. Darauf freute er sich sehr, denn er wollte endlich schreiben, lesen und rechnen lernen.

Eines Tages kam er vom Fußballplatz nach Hause und merkte, dass etwas nicht stimmte. Im Flur standen gepackte Koffer und sein Vater, der sonst viel länger arbeitete, war schon da.

„Verreisen wir?", fragte Vedran.

Der Vater nickte. Aber er sah nicht so aus, als ob er sich freuen würde. Auch die Mutter und Vedrans Schwestern schienen sich nicht auf die Reise zu freuen; sie hatten sogar verweinte Gesichter. Vedran verstand das nicht, er verreiste gern.

„Wohin fahren wir?", fragte er.

„Zu Onkel Stefan nach Deutschland", antwortete der Vater.

„Ist das weit?", wollte Vedran wissen.

Der Vater nickte.

Die Mutter putzte sich die Nase. „Ich habe deine Sachen schon gepackt", sagte sie. „Gibt es etwas, was dir besonders wichtig ist, was du unbedingt mitnehmen möchtest?"

„Meinen Ball", antwortete Vedran sofort.

Er musste seine verschwitzten Sachen ausziehen und duschen. Das tat er zwar sonst nicht gern, aber wenn er verreisen durfte, machte es ihm weniger aus.

Wie immer, wenn er vom Fußballplatz kam, hatte Vedran Hunger. Seine Mutter machte ihm ein belegtes Brot, und er ließ es sich schmecken. Die anderen aßen nichts. „Habt ihr keinen Hunger?", fragte er mit vollen Backen.

Sie schüttelten nur die Köpfe und schauten schnell weg.

Gegen Abend machten sie sich mit Koffern und Taschen
auf den Weg zum Rathaus. Vedran trug seinen Rucksack und
seinen Ball. Auf dem Rathausplatz standen schon einige
Leute mit Gepäck.

„Verreisen die mit uns?", fragte Vedran.

„Die… die… ja, die verreisen auch", sagte der Vater.

Wenig später hielt ein Bus, der schon ziemlich voll war. Der
Fahrer hatte Mühe, das Gepäck zu verstauen. Und die Leute
mussten eng zusammenrücken, damit alle sitzen konnten.
Vedran saß auf dem Schoß seiner Mutter und konnte sich
kaum rühren. Zuerst schaute er neugierig umher, doch bald

wurden seine Augen schwer, und er schlief ein.

Nach vierzehn Stunden Fahrt erreichten sie Regensburg, wo Onkel Stefan eine große Wohnung hatte. Dort wohnten sie zu fünft in zwei Zimmern. Die Verständigung war schwierig, weil Onkel Stefan ihre Sprache ebenso wenig verstand wie sie seine.

Wenn Vedran mit seinem Ball zu den Jungen vor dem Haus ging, redeten sie genauso komisch wie Onkel Stefan. Einmal wurden sie laut und lachten zwischen den Zähnen. Da wusste er, dass sie ihn nicht dabei haben wollten, auch wenn er kein Wort verstanden hatte.

Vedran sagte zu seinen Eltern: „Hier gefällt es mir nicht, ich will wieder nach Hause."

Da erklärten sie ihm, dass sie nicht mehr nach Hause konnten, weil es dort für sie zu gefährlich sei. Als Vedran das hörte, fing er an zu weinen. „Ich will zu Oma und Opa und zu meinen Freunden und in meinem Bett schlafen", schniefte er. Doch alles Weinen und Bitten war vergeblich, die Familie blieb in Deutschland.

Nach einigen Wochen zogen sie von Regensburg nach Stuttgart, wo es für Vedrans Vater Arbeit gab. Vedran wurde in einer Grundschule angemeldet, aber er freute sich überhaupt nicht mehr auf die Schule. Er wollte auch nicht mehr schreiben, lesen und rechnen lernen, er wollte nach Hause, sonst nichts.

Manfred Mai

Die Geschichte entstand nach einem Gespräch mit Leo, der aus dem ehemaligen Jugoslawien kommt. Die verschiedenen Kriege dort und das lange Leiden der Menschen machen die Situation in der Region besonders schwierig. Wie für viele andere Flüchtlingskinder ist es für Leo ein schweres Stück Arbeit, sich nach dem plötzlichen Verlassen der Heimat und der gewohnten Umgebung in Deutschland einzuleben. Leo versteht am Anfang kein Wort, das um ihn herum gesprochen wird. Er hat zuerst keine Freunde und vermisst natürlich sein Zuhause. Er muss in Deutschland viermal die Schule wechseln, weil er Probleme hat, in der fremden Sprache im Unterricht mitzukommen. In einer der vier Schulen, auf die Leo in den letzten Jahren ging, gab es viele Prügeleien zwischen deutschen und ausländischen Kindern.

Ein großes Problem ist auch, dass Menschen, die als Kriegsflüchtlinge nach Deutschland kommen, oft nicht wissen, wie lange sie in Deutschland bleiben dürfen. Manchmal passiert es, dass Familien viele Jahre in Deutschland wohnen, die deutsche Sprache sprechen, hier arbeiten und ihre Freundinnen und Freunde haben und dann nicht länger in Deutschland bleiben dürfen, weil der Krieg in ihrem Heimatland vorbei ist. Gerade für die Kinder, die sich oft kaum noch an das andere Land erinnern, ist das dann eine sehr schwierige Situation.

König und Königin

Die Geschichte von Aslan und seiner Schwester Zalina aus Tschetschenien...

Wenn ich König bin, muss niemand aus seinem Land fliehen, weil dort Krieg herrscht. Es gibt nur eine Sprache, damit sich alle verstehen können, und wenn man etwas vermisst, soll man es sofort bekommen.

Wenn ich Königin bin, soll es auch in Deutschland mein Lieblingsessen aus Tschetschenien geben. Es ist aus Fleisch und Teig und sieht immer aus wie ein Gesicht mit einem Auge. Mein Bruder Aslan hat es immer gern gegessen, dafür mag er keine Milch.

Wenn ich König bin, darf mich kein Mädchen mehr ärgern, nur weil ich Tschetschene bin. Außerdem darf mich kein Mädchen ärgern, weil ich keine Milch trinke. Ich trinke nämlich nicht so gern Milch; nicht, weil ich Tschetschene bin, sondern weil ich keine Milch mag.

Wenn ich Königin bin, dann will ich den ganzen Tag tanzen und Musik hören und mir lange Geschichten ausdenken.

Wenn ich König bin, darf man des Nachts keine Musik hören wie meine Schwester Zalina. Es ist schon schlimm genug, tagsüber die Musik von Bro'Sis aushalten zu müssen, aber nachts?! Nein, nein, nein! Wenn ich König bin, darf man nachts keine Musik hören und schon gar nicht die Musik von den Bro'Sis. Denn was ist schlimmer als eine Bro'Sis-CD? Genau, zwei Bro'Sis-CDs.

Wenn ich Königin bin, dann können Jungs nicht so schnell rennen. Ich will sie auch mal fangen können, wenn ich sie ärgern will. Zum Glück habe ich jetzt ein Fahrrad, damit ist man überall schneller, als mein Bruder „Papp" sagen kann.

Wenn ich König bin, dann will ich ganz schnell „Papp" sagen können. In Berlin, wo wir jetzt wohnen, habe ich deswegen ganz schnell Deutsch gelernt. Außerdem bin ich in einem Karate-Kursus. Bald habe ich den gelben Gürtel mit einem Streifen, dann traut sich meine Schwester sowieso nicht mehr, mich zu ärgern. Papp!

Wenn ich Königin bin, dann spiele ich meinem Bruder etwas so Schönes auf meiner Flöte vor, dass er sich ärgert, weil es so schön ist. Außerdem bin ich auch in einem Karate-Kursus.

Wenn ich König bin, dann habe ich so viel Geld, dass ich mir davon einen wunderschönen Palast bauen kann, mit einem Teich. Da gibt es dann Fische und Schwäne, und alle gleiten hin und her, als wäre Frieden. Außerdem gibt es dort einen schalldichten Raum, in dem man keine Flötenmusik hören kann. Ich weiß noch, wie wir in Tschetschenien vom

Bombenlärm wach geworden sind und bald nach Moskau fliehen mussten. Dort gefiel es mir nicht so gut, aber wenigstens fielen dort keine Bomben.

Wenn ich Königin bin, dann ziehe ich nicht mehr so oft um. Sogar seitdem wir nach Deutschland geflohen sind, sind wir schon dreimal wieder umgezogen, und wenn mein frecher Bruder nicht immer an meiner Seite wäre, dann wüsste ich gar nicht mehr, wo mein Königreich ist.

Wenn ich König bin, dann soll es überall große Kinderspielplätze geben. In der ganzen Welt sollen Kinder leben, mit denen ich Schach spielen kann, und alle werden meine Freunde, obwohl ich Tschetschene bin.

Wenn ich Königin bin, dann will ich wieder ein Zuhause haben. In Tschetschenien, in der Stadt Grosny, lebten wir in einem Bauernhaus, da gab es einen Garten mit einem Kirschbaum. Im Garten wuchsen Tomaten und Gurken, und wir hatten alles, was wir brauchten, sogar Milch.

Wenn ich König bin, dann will ich wieder viele Hühner haben und zwei Kühe wie in Grosny, dann esse ich die Eier, und meine Schwester Zalina kann die Milch von den Kühen trinken.

Wenn ich Königin bin, dann sollen meine Oma, meine Tanten, mein Onkel und meine Cousine auch in Berlin leben, damit ich sie nicht zu vermissen brauche.

Wenn ich König bin, dann will ich mein echtes Schwert wieder haben. Das echte Schwert ist nämlich ein Geschenk meines Vaters gewesen und ging kaputt, weil bei uns in

Grosny eine Bombe im Schlafzimmer hochging.

Wenn ich Königin bin, dann will ich überall mein Fahrrad haben, damit ich immer ganz schnell woanders sein kann, wo es keinen Krieg mehr gibt. Ich will dort sein, wo man singt und lacht und miteinander Freude hat.

Wenn ich König bin, dann werde ich dafür sorgen, dass überall Freude ist, deswegen lerne ich Karate.

Wenn ich Königin bin, dann werde ich dafür sorgen, dass die Menschen nicht mehr Karate lernen müssen, um sich zu verteidigen. Deswegen lerne ich Flöte.

Erwin Grosche

Die Geschichte basiert auf einem Gespräch mit den Geschwistern Tapa und Zainap, die vor kurzer Zeit nach Deutschland gekommen sind. In Tschetschenien, ihrer Heimat, herrscht Krieg. Tschetschenische Kämpferinnen und Kämpfer kämpfen für eine Unabhängigkeit ihres Landes, russische Truppen kämpfen für einen Verbleib Tschetscheniens in der Russischen Föderation. Die Lebensbedingungen der Menschen in Tschetschenien sind zurzeit sehr schlecht. Es fehlen grundlegende Dinge wie Essen, Heizung und Sicherheit. Viele Menschen sind verzweifelt, es gibt wenig Hilfe für sie und auch keine baldige Aussicht auf eine Besserung der Situation. Die Eltern von Tapa und Zainap wollen aber zurückkehren, sobald die Situation wieder besser ist.

Lieber mal nach Bayern als nach Afrika

Jaimo rennt dribbelnd über den Hof, stoppt, nimmt Anlauf und tritt dann mit voller Wucht gegen eine leere Cola-Dose. Die Dose fliegt in hohem Bogen in die Luft und landet laut scheppernd zwischen den Stangen eines Teppichklopfers auf dem Asphalt.

„Tor!", ruft er seinen Freunden Mehmet und Deniz zu, die diese Flanke nicht halten konnten.

Es ist Sonntag, und Jaimo wartet auf seinen Vater, der ihn

gleich abholen wird, um in die afrikanische Kirchengemeinde zu gehen. Da sich sein Vater verspätet, kickt er draußen im Hinterhof Dosen-Fußball mit seinen Freunden.

Von hier aus kann man die Wohnung im obersten Stock des Hochhauses sehen, wo Jaimo mit seiner Mutter, ihrem neuen Freund und seinem kleinen Bruder zusammenwohnt. Ganz oben hat man einen tollen Blick über Berlin!

Jaimos Vater wohnt woanders, und daher sehen sie sich nur am Wochenende, so wie heute.

„Achtung!", ruft Deniz, und Jaimo muss sich ducken. Beinahe hätte er die Cola-Dose an den Kopf bekommen. Beim echten Fußball kann man Kopfball machen, aber beim Dosenkicken gibt es dabei bloß eine dicke Beule!

Jaimo trägt rote Fußballschuhe, die super aussehen, aber viel zu klein sind. Für neue reicht das Geld leider nicht, denn Jaimos Mutter verdient als Putzfrau nur sehr wenig und sein Vater hat gar kein Geld, weil er Schulden hat. Aber eins ist klar: Wenn Jaimo groß ist, dann will er Fußballprofi werden – am liebsten bei „Bayern München" – und richtig reich werden. Und wer Profi werden will, muss immer und überall üben, egal, ob mit einer Dose oder einem Ball, mit teuren Fußballschuhen oder barfuß.

Jaimos Mutter ist Deutsche, und sein Vater kommt aus Afrika. Afrika ist riesengroß, aber wo genau sein Vater geboren ist, weiß Jaimo nicht – halt irgendwo in Afrika! Manchmal sagen kleine Kinder auf der Straße, wenn sie Jaimo sehen: „Guck mal, der ist nicht weiß!" Aber, das ist

ihm egal, denn er ist Berliner – und Berlin ist cool.

„Foul!", ruft Deniz, denn Mehmet hat ihm ein Bein
gestellt, gerade als er auf Jaimos Tor, bestehend aus einem
Laternenpfahl und einem Mülleimer, schießen wollte. Jetzt
beschimpfen sich Deniz und Mehmet gegenseitig, aber Jaimo
kann sie nicht verstehen, weil sie untereinander oft Türkisch
sprechen. Das ärgert ihn manchmal ein bisschen.

Jaimo will zwischen seinen Freunden schlichten und ruft:
„Klare Entscheidung: Elfmeter!" Und so legt sich Deniz die
Dose zurecht, während Jaimo in seinem Tor in Stellung geht.
Deniz nimmt Anlauf und schießt, aber Jaimo wirft sich in die
rechte Ecke – und hält!

Mehmet applaudiert und Deniz ärgert sich. Aber trotz des gehaltenen Elfers ärgert sich auch Jaimo, denn bei seinem Einsatz hat er sich die Hose schmutzig gemacht. Und das gerade jetzt, wo doch sein Vater bald kommt! „Hoffentlich schimpft Papa nicht", denkt Jaimo, als er den Dreck von den Jeans klopft.

Jaimos Vater trägt nie Jeans, sondern immer so bunte Klamotten mit Mustern drauf. Jaimo findet, dass diese afrikanischen Kleider komisch aussehen und auf der Haut jucken und kratzen. Er trägt lieber ganz normale Sachen, so wie die anderen Kinder in seiner Schulklasse. In der afrikanischen Gemeinde haben aber alle Erwachsenen so bunte, weite Kleider an. Und auch in Afrika sehen alle so komisch aus, findet er. Jaimo war zwar noch nie da, aber er kennt Afrika aus Büchern. Wenn Jaimo mal verreisen könnte, würde er aber nicht nach Afrika, sondern viel lieber nach Bayern fahren, weil man da „Bayern München" treffen kann.

In diesem Moment kommt Jaimos Vater in den Hof und ruft: „Kommst du? Wir sind schon spät dran!"

„Sofort!", ruft Jaimo. Vorher muss er aber noch einen Dosen-Freistoß machen. Dann verabschiedet er sich von seinen Freunden und rennt zu seinem Vater. Jaimo freut sich auf den afrikanischen Gottesdienst, denn da wird viel gesungen. Das macht Spaß, und wenn Jaimo kein Fußballprofi wird, dann vielleicht Rap-Star.

Rainer Zeichhardt

Diese Geschichte bezieht sich auf das Gespräch mit Kenta, dessen Vater aus dem westafrikanischen Land Ghana kommt. Ghana ist seit 1957 ein unabhängiger Staat, nachdem es vorher britische Kolonie war. Kenta hat ein Problem, das viele Kinder in Deutschland haben, deren Familien aus einem anderen Land kamen: Er selbst ist in Deutschland geboren, war noch nie in Afrika, spricht nur Deutsch und hat mit afrikanischer oder ghanaischer Kultur und Tradition kaum etwas zu tun. Trotzdem halten ihn viele andere Deutsche für einen „Ausländer" – weil er eben anders aussieht als sie, und leider haben viele Menschen Angst vor Dingen, die ihnen „fremd" oder „anders" vorkommen. Als wenn das Aussehen bestimmen würde, ob jemand ein „Deutscher" oder ein „Ausländer" ist!

Freunde zu Besuch

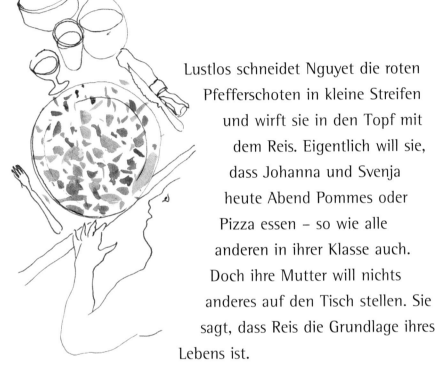

Lustlos schneidet Nguyet die roten Pfefferschoten in kleine Streifen und wirft sie in den Topf mit dem Reis. Eigentlich will sie, dass Johanna und Svenja heute Abend Pommes oder Pizza essen – so wie alle anderen in ihrer Klasse auch. Doch ihre Mutter will nichts anderes auf den Tisch stellen. Sie sagt, dass Reis die Grundlage ihres Lebens ist.

„Hoffentlich bleiben Johanna und Svenja trotzdem meine Freunde", denkt Nguyet besorgt.

Vor vier Jahren kam sie aus ihrer Heimat Vietnam hierher und verstand kein Wort Deutsch. Alles war plötzlich anders. Sie hatte keine Freunde mehr und auch nicht die Großeltern. Stattdessen gab es überall Geschäfte und große Häuser.

Inzwischen geht Nguyet in die zweite Klasse. Die Klassenlehrerin, Frau Blume, hat selbst den Geburtstag von

Nguyet nicht vergessen und ihr einen Teller mit Süßigkeiten und ein Buch geschenkt. Heute dürfen nun zum ersten Mal Freunde bei Nguyet übernachten. Und obwohl Nguyet ein bisschen unordentlich ist, hat sie ihr Zimmer gründlich aufgeräumt.

„Doch wo ist denn nur das Zirkus-Spiel hin?", wundert sie sich.

„Dingdong!", läutet es an der Haustür. Nguyet rennt zum Wohnungseingang.

„Das ist ja klasse, dass ihr da seid", begrüßt sie Johanna und Svenja.

„Schuhe ausziehen nicht vergessen!", ruft es aus der Küche.

„Was hat deine Mutter da gerade gesagt?", fragt Johanna.

„War das Vietnamesisch?", will Svenja wissen.

„Meine Mutter redet immer Vietnamesisch mit mir. Sie kann nicht so gut Deutsch", sagt Nguyet leise. „Zieht bitte die Schuhe vor der Tür aus. Das machen wir immer so."

Dann geht Nguyet in die Küche und hilft ihrer Mutter, die vielen Schüsseln mit dampfenden Speisen in das Wohnzimmer zu tragen. Als Letztes bringt Frau Mang eine sehr kleine Schale mit Reis und einer wunderschönen Blüte herein, die sie vor einen Bilderrahmen auf einen Ecktisch stellt.

„Das sind meine Tante und die Großmutter meines Vaters", sagt Nguyet. „Sie leben nicht mehr. Trotzdem sollen sie mit uns essen."

Johanna und Svenja gucken sich fragend an. So etwas haben sie noch nie gehört.

Doch schon fängt Frau Mang an, aus einem großen Topf

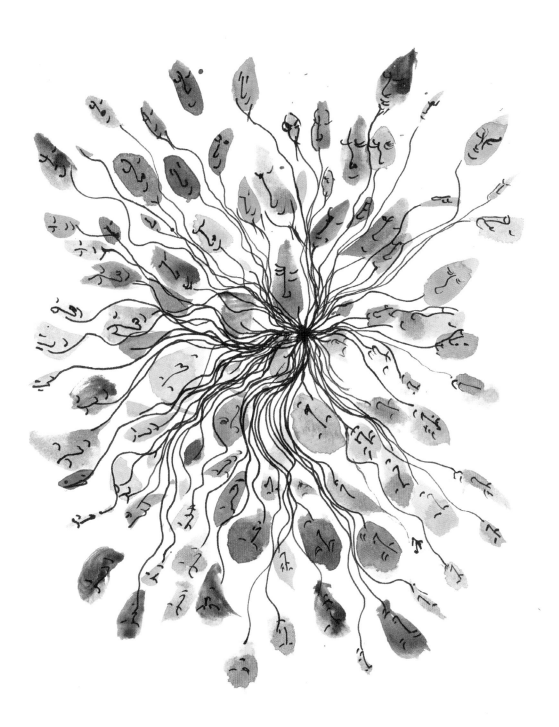

Reis zu schöpfen, den sie jedem der Mädchen in eine Schüssel füllt. Dazu serviert sie gebratenes Gemüse. Johanna und Svenja nehmen reichlich. Doch als Frau Mang den beiden überbackene Garnelen anbietet, schrecken die Mädchen zurück.

„Das sieht ja aus wie eine Heuschrecke", bemerkt Johanna mit angeekelter Stimme.

Nguyet weiß nicht genau, was sie jetzt tun soll. Eigentlich mag sie Garnelen sehr. Wenn die Freundinnen nur wüssten, wie gut die Krabbeltiere aus dem Meer schmecken! Da hat Nguyet eine Idee. Mit den Essstäbchen greift sie sich eine Garnele und tunkt sie in eine Schale mit süßsaurer Soße. Dann beißt sie schmatzend in den heißen Teigmantel und lächelt die beiden Freundinnen an. Das wirkt. Svenja ist die Erste, die es Nguyet nachmacht. Auch sie greift sich die Stäbchen und will eine Garnele aus der Schale nehmen. Doch die Dinger fallen ihr immer wieder herunter.

„Habt ihr eine Gabel?", gibt sie entnervt auf.

Oh je, das hatte Nguyet ganz vergessen. Natürlich essen sie in der Schule ja immer mit Messer und Gabel! Wieder lächelt sie die beiden Freundinnen an.

Da ruft Johanna: „Pass auf Svenja! Ich kann das!", und stopft sich die erste Garnele in den Mund. „Mmmm... wie Fischstäbchen schmeckt das!", ruft sie begeistert aus.

„Ich mag aber keinen Fisch", mault Svenja.

Nguyet ist verzweifelt. Doch da sieht sie noch eine Schale auf dem Tisch stehen.

„Probier mal Svenja, das sind Frühlingsrollen. Da ist

Gemüse drin."

Als die drei Freundinnen abends mit vollen Bäuchen in Nguyets Zimmer liegen und noch über die Jungen in der Klasse reden, fragt Svenja plötzlich:

„Nguyet, hast du auch einen Papa?"

Nguyet sieht zum Fenster hinaus und schaut auf eine große Kastanie im Hof, deren Blätter leise im Wind rascheln. Tränen steigen in ihre Augen.

„Er kommt bald hierher. Er muss erst noch Arbeit finden", flüstert sie.

„Ach so", sagt Svenja.

„Kommst du auch mal zu mir nach Hause?", ist ihre letzte Frage.

Dann schlafen die Mädchen ein.

Serena Klein

Die Geschichte entstand nach einem Gespräch mit der 8-jährigen Phuong. Sie ist im Alter von vier Jahren aus Vietnam nach Deutschland gekommen. Vietnam liegt in Asien, wie zum Beispiel auch China, Indonesien oder Malaysia, und man braucht mit dem Flugzeug einen ganzen Tag und eine Nacht, wenn man dorthin reisen möchte. Vietnam war sehr lange unter der Herrschaft Frankreichs und ist erst seit 1945 unabhängig. Zwischen Asien und Europa gibt es schon seit längerer Zeit eine wirtschaftliche Zusammenarbeit. Auch der kulturelle Austausch zwischen den beiden Kontinenten soll zukünftig weiter verstärkt werden.

Einen Fuß hier, einen Fuß dort

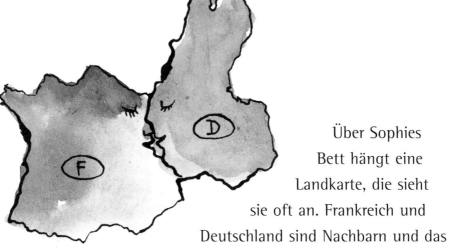

Über Sophies
Bett hängt eine
Landkarte, die sieht
sie oft an. Frankreich und
Deutschland sind Nachbarn und das
ist gut so, findet Sophie. Nachbarn können einander
besuchen, miteinander spielen, miteinander reden, miteinander
Quatsch machen. Sophies Mama ist Deutsche, ihr Papa
Franzose, sie gehört also zu beiden Ländern, sie spricht beide
Sprachen. Wenn sie jetzt zum Beispiel genau auf der Grenze
zwischen Frankreich und Deutschland stünde, wäre dann ihre
linke Hälfte französisch und die rechte deutsch? Und wenn
sie sich umdrehte, wäre es dann umgekehrt? Sie kichert in
sich hinein. Für ihre Freundin Ebru wäre es viel schwieriger,
gleichzeitig in ihren beiden Ländern zu stehen. Die Türkei ist
zu weit weg. Den Spagat schafft niemand.

Sophie wünscht sich ein Haus. Am schönsten wäre es,
wenn das Haus auf der Grenze stünde, ein Zweiländerhaus.

Dann könnte sie auch ein Pferd haben und drei lustige Hängebauchschweine wie die auf dem Bauernhof, auf dem sie mit ihrer Schulklasse gewesen ist; zwei gestreifte und ein schwarzes waren das. Wenn Sophie sie auf dem Arm hielt, begannen sie nach kurzer Zeit zu zappeln und zu strampeln. Ein Hund wäre auch gut. Sie sieht einen Hund vor sich, der mit fliegenden Ohren neben ihr her rennt, während sie von Frankreich nach Deutschland und wieder zurück reitet. Wenn er müde wird, wird sie ihn natürlich aufheben und vor sich in den Sattel setzen.

In der Frankfurter Wohnung ist kein Platz für Pferde und Hängebauchschweine, – und einen Hund, meint Mama, können sie auch nicht haben. Das arme Tier wäre den ganzen Tag allein in der Wohnung eingesperrt, und das wäre die reinste Tierquälerei.

Sophie seufzt und trinkt einen Schluck Apfelsaft. Der Apfelsaft riecht nach Ferien, nach Obstgarten, nach Frankreich. Sophie hat mitgeholfen beim Ernten, sie ist mit Papa zur Presse gefahren und hat zugeschaut, wie der dicke süße Saft aus dem rotgolden glänzenden Hahn floss. Auf der Rückfahrt nach Frankfurt war der ganze Kofferraum voll von Kisten mit Apfelsaftflaschen.

Der Vorhang vor dem Fenster weht hin und her. Bald wird es Zeit zum Drachensteigen. Auf dem Schreibtisch liegt Sophies selbst gebastelter Drachen mit dem lustigen Gesicht. Es fehlt nur noch eine Schnur. Hoffentlich wird er gut fliegen neben den Lenkdrachen, die immer so stolz in die Höhe steigen!

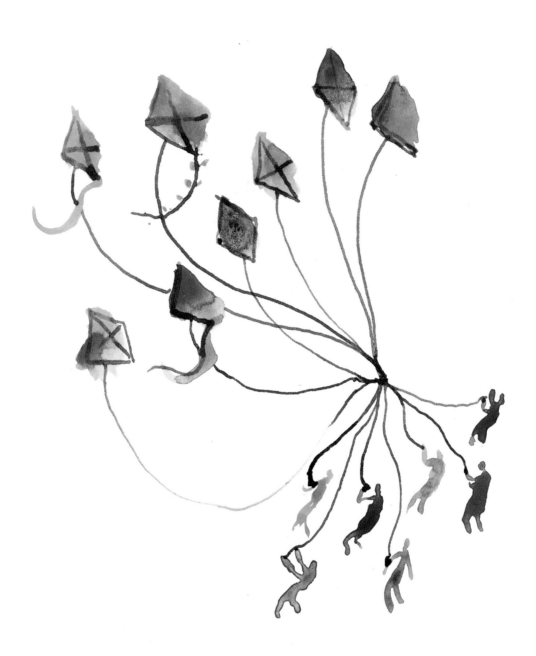

Papa ist der beste Drachenlenker in der Familie.

Jetzt singt er in der Küche. Sophie steht auf und läuft zu ihm. Es macht Spaß, mit ihm zu singen. Noch mehr Spaß macht es, dazu auch zu tanzen. Sophie schwingt das

Geschirrtuch, bis Papa den Wasserhahn abdreht und mit ihr tanzt. Plötzlich bleibt Sophie stehen. Ihr ist eben eingefallen, wie ein paar Kinder auf dem Schulhof in der großen Pause auf einen Neuen losgegangen sind. Hässliche Dinge haben sie gesagt, lauter hässliche Worte. „Hau ab!", war noch das Netteste. „Hau ab, hier wollen wir dich nicht!" Als ob man mit Kindern aus anderen Ländern nicht mindestens ebenso gut spielen könnte! Die bringen ja manchmal neue Spiele mit, da wird es nicht so schnell langweilig. „Du bist ja doof", haben diese Ekelpakete auch gesagt. Wer sind da die Doofen?

Sophie hätte ihnen so gern eine passende Antwort gegeben, doch war ihr keine eingefallen, und außerdem waren es lauter Große. Die gehen immer schon so, als wollten sie allen anderen Angst machen. Nie kommt einer allein in den Schulhof, wenigstens zu dritt marschieren sie an, meist in einer Reihe.

Manchmal hilft es nicht, zwei Sprachen zu können, leider. Jetzt lernen sie auch Englisch in der Schule, aber für solche Gelegenheiten ist das auch nicht geeignet. Vielleicht hilft es, sich etwas auszudenken und ein paar Mal vorzusagen, dann hat man es fix und fertig bei der Hand, wenn man es braucht.

Die Küchentür geht auf. Mama kommt herein. Gleichzeitig sagt sie auf Deutsch und Papa auf Französisch, dass es für Sophie allerhöchste Zeit ist, ins Bett zu gehen.

Dann sagt Papa etwas auf Deutsch zu Mama.
Zum ersten Mal fällt Sophie auf, dass er seinen Mund anders

bewegt, wenn er Deutsch spricht, als wenn er Französisch spricht.

„Wie viele Sprachen gibt es eigentlich?", fragt Sophie.

Mama weiß es nicht genau, Papa auch nicht.

„Mehr als tausend?", fragt Sophie weiter.

Beide nicken. Bestimmt mehr als tausend.

„So viele kann ich nicht lernen", sagt Sophie.

So viele bestimmt nicht, sagen die Eltern auf Deutsch und auf Französisch, aber sie hat jedenfalls einen guten Anfang gemacht. Papa nimmt ihre linke Hand, Mama nimmt ihre rechte Hand. In der Tür bleiben sie stecken und fangen an zu lachen, auf Deutsch und auf Französisch.

Renate Welsh

Die Geschichte basiert auf einem Gespräch mit Anais, die mit ihrer deutschen Mutter und ihrem französischen Vater in Deutschland lebt.

Nach den beiden schrecklichen Kriegen 1914 bis 1918 und 1939 bis 1945 bemühen sich Deutschland und Frankreich sehr, dass sich Deutsche und Franzosen gut verstehen. Es gibt viele Angebote, wie man die Kultur und Sprache des anderen Landes kennen lernen oder sich gegenseitig besuchen kann. In der Grenzregion von Deutschland und Frankreich sprechen viele Menschen, genauso wie Anais, Deutsch und Französisch.

Bei Rahel ist vieles anders

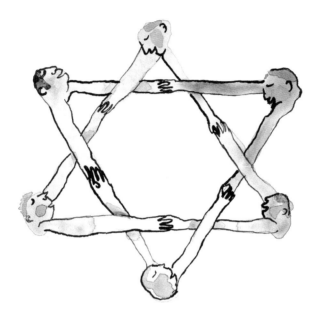

„Hallo!", ruft Lisa, als Rahel an ihr vorbeistürmt. „Habt ihr heute das Diktat geschrieben?" „Nein", antwortet Rahel und bleibt für einen Moment auf dem Treppenabsatz stehen. „Die Deutschstunde musste ausfallen. Wir hatten Terroralarm." „Du meinst Feueralarm", lacht Lisa. „Nein", antwortet Rahel mit einer Stimme, die keine Widerrede duldet, „ich meine Terroralarm." „Und was soll das sein?", will Lisa wissen. Rahel überlegt einen Moment, dann erklärt sie: „Also, das ist fast genauso wie Feueralarm. Die Schulsirene geht an, und dann müssen alle Kinder mit der Lehrerin auf den Schulhof oder in

die Pausenhalle." „Und warum habt ihr das und wir nicht?",
fragt Lisa. „Wahrscheinlich weil wir Juden sind und weil die
Juden und die Araber in Israel Krieg führen", antwortet
Rahel. Dann rennt sie die letzten Stufen hoch zu ihrer
Wohnung.

Lisa guckt ihr hinterher und wundert sich wieder einmal.
Seit Rahel vor vier Jahren mit ihren Eltern in das Haus in
Berlin gezogen ist, in dem auch Lisa wohnt, muss Lisa
eigentlich immer mal wieder staunen. So vieles ist in Rahels
Leben anders! Rahel spricht zum Beispiel mit Lisa Deutsch.
Aber wenn sie mit ihren Eltern redet, spricht sie Russisch.
„Wieso kann Rahel das?", hatte Lisa Mama gefragt. „Rahels
Eltern sind beide aus Russland nach Deutschland gekommen,
und als sie hier waren, ist Rahel auf die Welt gekommen. Die
Eltern haben mit ihrem Kind nur Russisch gesprochen, weil
das ihre Muttersprache ist. Aber als Rahel in den
Kindergarten kam, waren dort nur deutsche Kinder und
Erzieherinnen. Deshalb hat sie ganz schnell Deutsch gelernt",
hatte Mama Lisa erklärt. Das hatte Lisa verstanden.

Neulich haben Rahel und Lisa über die Schule gesprochen.
Beide Mädchen gehen in die dritte Klasse, aber jede geht auf
eine andere Schule. Die von Rahel ist eine jüdische Schule.
Als Rahel erzählte, was sie alles in der Schule lernt, ist Lisa
fast ein bisschen neidisch geworden. Natürlich hat Rahel
auch Deutsch und Sachkunde und Religion, aber sie hat auch
noch Englisch und Hebräisch. Hebräisch sprechen die Leute in
Israel, und als Jüdin muss Rahel diese Sprache können.

Lisa kann bis jetzt nur Deutsch. Und „yes" und „no" auf Englisch, aber das reicht nicht, um sich mit jemandem zu unterhalten. „Würdest du denn gern in Rahels Schule gehen?", hat Mama sie neulich gefragt. Da hat Lisa dann aber doch den Kopf geschüttelt. Rahel muss nämlich jeden Tag acht Stunden in der Schule bleiben, wenn sie dort Mittag isst. Ohne Mittag sind es sieben Stunden, nur am Freitag ist nach der sechsten Stunde Schluss. Zeit zum Spielen bleibt ihr eigentlich gar nicht. Lisa hatte schon ein paar Mal versucht, sich am Nachmittag mit Rahel zu verabreden, aber meistens hatte sie keine Zeit. Entweder musste sie Hausaufgaben machen oder Klavier spielen oder zu ihrer Tanzgruppe gehen.

In der jüdischen Tanzgruppe wäre Lisa auch gern, weil die bei vielen Festen auftritt. Das muss sehr lustig sein, vor allem bei einem Fest wie Purim. „Alle waren wieder verkleidet, auch die Erwachsenen, und jeder durfte so viel Blödsinn machen, wie er wollte", hat Rahel vom letzten Purim erzählt. Und dann hat sie Lisa von den leckeren Süßigkeiten vorgeschwärmt, die extra für dieses Fest gebacken werden. „Wie schmecken die denn?", hat Lisa gefragt. „Schwer zu erklären", hat Rahel geantwortet. „Nächstes Mal bringe ich dir welche mit."

Gestern hat Rahel übrigens bei Lisa geklingelt und gefragt: „Hättest du vielleicht Lust, mit uns im Dezember Chanukka zu feiern?" „Ist das euer Weihnachten?", hat Lisa gefragt. Da hat Rahel geschmunzelt und gesagt: „Es ist ein bisschen so, aber eigentlich ist es ganz anders. Willst du kommen?"

„Ja, gerne!", hat Lisa geantwortet.

Auf Chanukka freut sie sich jetzt fast genauso wie auf Weihnachten. In 12 Tagen ist es so weit!

Susanne Oehmsen

Diese Geschichte bezieht sich auf das Gespräch mit Miriam. In den letzten Jahren sind viele jüdische Familien aus osteuropäischen Ländern aus wirtschaftlichen oder kulturellen Gründen nach Deutschland gekommen. Die meisten von ihnen bleiben hier, manche ziehen auch weiter nach Israel oder in andere Länder. Die jüdischen Kinder gehen meistens auf die gleichen Schulen wie die anderen Kinder auch. Einige Eltern nutzen aber auch die Möglichkeit, ihr Kind in eine jüdische Schule zu schicken, wo die Kinder unter anderem Hebräisch (die Sprache Israels) und etwas über die jüdische Religion lernen.

Blauer Montag

Mann, hab ich gedacht, wenn irgendetwas ein blaues
Auge ist, dann das. Beshkar setzt sich neben mich und sieht
nicht gerade begeistert aus. In fünf Minuten kommt
Schröder. Montag, erste Stunde. Und Schröder gibt Mathe.
Ich liebe Mathe. Aber Beshkar mag Mathe nicht. Und Mathe
mag Beshkar nicht. Und heute bekommen wir die Arbeit von
Freitag wieder. Schröder ist einer von den Schnellen, wenn es
um Klassenarbeiten geht. Aber ich denke, Beshkar saß Freitag
dicht genug neben mir. Ganz so schlimm wird's also nicht
werden.

„Was ist? Magenschmerzen wegen Schröder oder sitzt es
höher?", ich deute auf sein Auge und grinse.

„Beides!", sagt Beshkar und kratzt sich an der Nase.

„Wieder Ärger mit Hong gehabt?", frag ich.

Hong und Beshkar mögen sich nicht. Schon bei ihrer ersten Begegnung – und sie haben sich im Kindergarten kennen gelernt – sind sie übereinander hergefallen. Seit sie begonnen haben, sich aus dem Weg zu gehen, gestaltet sich ihr Alltag bedeutend schmerzfreier. Denn im Grunde sind beide sonst ganz friedlich, und nur ihre Begegnungen lösen eine Art gegenseitigen Ausnahmezustand aus. Aber man kann sich nicht immer aus dem Weg gehen. Auch in Berlin nicht.

Die Tür geht auf, und Schröder kommt rein. „Morgen!", sagt er, schmeißt seine Tasche auf's Pult und verteilt gleich die Hefte. Schröder fackelt nie lange. Eine seiner guten Eigenschaften. Niemand wird gern auf die Folter gespannt.

Ich hab das Übliche und Beshkar eine Drei. „Siehste!", sag ich leise und knuff ihn mit dem Ellenbogen in die Rippen und blinzle ihm zu. „Wozu die Panik?"

Beshkar verzieht das Gesicht und stöhnt auf. So doll hab ich ja nun auch nicht geknufft. „Pickel an der Brust?", frag ich und denk, Beshkar macht einen auf albern. Beshkar zieht ganz kurz sein T-Shirt ein wenig hoch, und ich seh, dass seine rechte Seite am Rippenbogen dunkelblau angelaufen ist. „Mann", sag ich leise und erschreck mich ordentlich, „tut mir leid. Das sieht ja übel aus!"

Schröder ruft von vorn: „Diese Stunde wird auch für die Herren Beshkar und Michael gehalten!"

Die Sache muss warten. Aber ich hab mich wirklich erschrocken, als ich Beshkars Rippen sah.

Die Stunde plätschert dahin. Die Arbeit wird noch einmal durchgegangen. Schnee von gestern für mich. Für Beshkar und die meisten anderen wird es ganz gut sein. Ich schau aus dem Fenster und frag mich, was am Wochenende mit Beshkar passiert ist.

Es klingelt. Kleine Pause. Ich zieh Beshkar sofort in die Ecke neben dem Klassenschrank und frag, was los war.

Beshkar war am Sonntag im Freizeitheim. Als er abends nach Hause ging, haben ihn ein paar Glatzen abgefangen. Faust auf's Auge, Springerstiefel in die Rippen. Die Glatzen kannten Beshkar nicht und Beshkar kannte die Glatzen nicht. Aber wie man Glatzen ansieht, dass sie Glatzen sind, sieht man Beshkar an, dass er Ausländer ist. Man hört es auch noch ein wenig. Beshkar ist im Iran geboren und erst mit fünf hierher gekommen.

Kein schönes Wochenende für Beshkar.

„Die Drei in Mathe wird mein Halbjahreszeugnis retten!", sagt Beshkar und zeigt, dass das Thema damit für ihn beendet ist. Ich weiß, wie wichtig ihm die Drei ist. Seit sein Vater im vergangenen Jahr bei ihrem Urlaub im Iran tödlich verunglückt ist, hat Beshkar das Gefühl, die Verantwortung für die Familie zu tragen: keine älteren Brüder, nur eine kleine Schwester. Ich weiß, dass Beshkar die nächsten Wochen nicht mehr in das Freizeitheim gehen wird, in dem er so gern Pool-Billard spielt und Freunde finden will.

Wir sitzen wieder an den Tischen. Deutsch. Grammatik. Grammatik ist für mich das, was für Beshkar Mathe ist, und ich sollte höllisch aufpassen, um wenigstens etwas zu verstehen. Aber ich sehe noch die blauen Rippen vor mir. Und ich denk daran, wie ich versucht habe, Freunde zu finden, und wie schwer mir das fiel. Wie viele Jahre das gedauert hat. Ich hatte immer das Gefühl, dass es daran lag, dass mein Vater aus Missouri kommt und ich praktisch ein halber Ausländer bin, obwohl ich hier geboren wurde. Aber Pa und Ma, die Deutsche ist, sehen beide so aus, na, die hätten auch aus München kommen können. Wie Dennis' Eltern, zwei Bänke hinter mir.

Ich hab Glück gehabt, denk ich plötzlich, dass Pa nicht aus Istanbul oder Hanoi kommt. Dass ich eben nur ein halber Ausländer bin und dass man's mir nicht mal ansieht. Und plötzlich werd ich ganz wütend über diesen Gedanken.

Ob ich wissen würde, worum es eigentlich im Moment ginge, fragt mich Frau Schmidt und steht mit dem

Grammatikbuch direkt neben mir.

Mann, denk ich, das ist der richtige Moment, um über so etwas nachzudenken.

Klaus Meyer-Bernitz

Die Idee zu dieser Geschichte entstand durch das Gespräch mit Matt, einem deutsch-amerikanischen Kind. Leider passieren in Deutschland tatsächlich solche schlimmen Dinge wie der gewalttätige Angriff auf Beshkar. Jeden Tag gibt es irgendwo in unserem Land einen oder mehrere Angriffe auf Menschen, die „fremd" sind oder „fremd" aussehen, deshalb nennt man dies auch „fremdenfeindliche Angriffe". Jedes Jahr sterben sogar mehrere Menschen in Deutschland an solchen Übergriffen – auch Kinder.

In der Geschichte hat Michael es leichter, weil er als Deutsch-Amerikaner nicht „anders" aussieht. Aber Menschen, die z.B. durch ihre Hautfarbe leicht als „ausländisch" angesehen werden können, müssen oft mit der Angst leben, dass sie sich nicht sicher fühlen, wenn sie auf die Straße gehen. Das ist sehr traurig.

Es gibt aber nicht nur die Menschen, die selber andere angreifen. Es gibt vor allem auch ganz viele Menschen, die wissen, dass solche Dinge bei uns passieren, und die nichts dagegen sagen. Vielleicht weil es ihnen egal ist, vielleicht weil sie Angst haben, vielleicht aus anderen Gründen. Aber wenn nicht genug Leute etwas gegen solche fremdenfeindlichen Angriffe sagen und machen, dann wird sich auch nichts daran ändern! Deshalb müssen wir alle versuchen, Gewalt zu verhindern. Wir können den Menschen, die sich bedroht fühlen, zeigen und sagen, dass sie nicht allein sind und dass wir sie unterstützen. Und wir müssen den Menschen, die solche bösen Dinge tun, sagen und zeigen, dass wir mit ihren Taten nicht einverstanden sind – auch wenn man manchmal ganz schön viel Mut dafür braucht.

Monikas Träume

Beinahe alles, was sie sah, setzte ihre Gedanken in Bewegung. – So, wie ein Windstoß die Windmühlen in Gang setzt. – „Nur dummes Zeug hast du im Kopf", sagte die Mutter, aber Monika ließ sich dadurch nicht stören.

Sie stieg in den Bus, der sie zur Schule bringen sollte. – Ein gelber Doppelstockbus, der von oben bis unten mit dicken, schwarzen Streifen bemalt war.

„TIGER-SCHUHE – haltbar und geschmeidig!", stand in großer Schrift am Oberdeck.

Die Leute drängten an der Haltestelle hastig durch die Türen ins Innere des Fahrzeuges. Monika war die letzte, dann schloss sich die Tür zischend hinter ihr. „Wenn dieser Kasten auf Rädern ein Tier wäre...", dachte sie. „Ein Tiger, der uns alle mit Haut und Haaren verschluckt hätte..."

In Monikas Gedanken rannte der Tiger mit seiner Ladung böse fauchend durch die Stadt. Hinter dem Raubtier jagten Polizeiautos, Feuerwehrlöschzüge und mehrere Tierbändiger auf Pferden mit dem Lasso bewaffnet hinterher, aber sie vermochten den Tiger nicht einzuholen.

Der Tiger ließ die Stadt hinter sich, überquerte ein Gebirge, mehrere Wüsten, überwand schwimmend große Flüsse. Monika sah, wie die Wellen von außen an die Busfenster schwappten... Dabei hatte Monika nicht bemerkt, dass die meisten Kinder schon an der vorigen Haltestelle ausgestiegen waren. Sie schrak erst zusammen, als ein großes, gelbes Backsteingebäude vorüberschwebte. „Herrgott, das ist meine Schule!", dachte Monika.

„Halt, halt!", schrie sie. Aber der Bus fuhr unverdrossen weiter bis zur nächsten Haltestelle, und die war erst am Friedhof, einen halben Kilometer weiter. Ganz klar, an diesem Tag kam Monika erst in der Schule an, als der Unterricht schon begonnen hatte.

Ein anderes Mal fand sie vor dem Haus, in dem sie wohnte, ein blaues Fahrrad angekettet. Das war bestimmt Vaters Rad. Im vorigen Jahr hatte er es mit einem Sack voller Kleidungsstücke bestiegen und war davon gefahren.

Monika und ihr kleiner Bruder Benni warteten Tag für Tag darauf, dass er zurückkehren würde. Sie liebten ihren Papa,

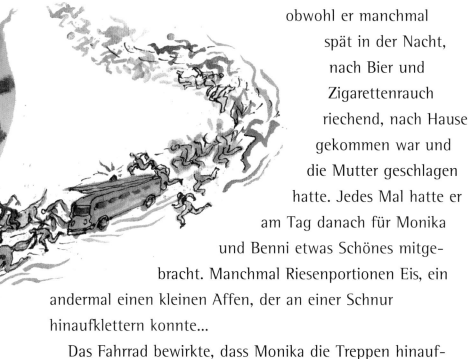

obwohl er manchmal
spät in der Nacht,
nach Bier und
Zigarettenrauch
riechend, nach Hause
gekommen war und
die Mutter geschlagen
hatte. Jedes Mal hatte er
am Tag danach für Monika
und Benni etwas Schönes mitgebracht. Manchmal Riesenportionen Eis, ein
andermal einen kleinen Affen, der an einer Schnur
hinaufklettern konnte...

Das Fahrrad bewirkte, dass Monika die Treppen hinauf-
rannte. Sie nahm gleich zwei Stufen auf einmal. Der Vater
würde sie umarmen und herumschleudern. Er würde ihr
erzählen, was er zwischendurch erlebt hatte. Auf einer
Bohrinsel im Meer war er Chef gewesen.
Dass er mit einer anderen, viel
jüngeren Frau, als Mutter es war, in
einem anderen Stadtviertel
lebte, war gelogen.
Das hatten manche
Leute nur aus Bosheit
herumgetratscht!
Bestimmt hatte der
Vater auch für Moni

ein Geschenk von der Bohrinsel mitgebracht. Vielleicht sogar ein Handy! Damit würde sie einige aus der Klasse anrufen und fragen können, ob sie bei den Mathehausaufgaben das Gleiche herausbekommen hätten...

Die Wohnungstür war jedoch verschlossen, wie immer, wenn Mutter zur Arbeit im Krankenhaus war und Benni im Kindergarten darauf wartete, dass er von Moni abgeholt wurde. Sie schloss die Tür ganz langsam auf. Der Vater war doch nicht zurückgekommen. Monika riss das Fenster auf und schaute hinunter zur Straße. Da sah sie nur den Hausverwalter, der gerade sein blaues Rad bestieg und davonfuhr.

Jetzt war Monika tieftraurig. Sie dachte, dass sie vielleicht an ihrem Kummer sterben könnte. Ihre ganze Klasse würde dann beim Begräbnis hinter ihrem Sarg gehen. Heulen würden alle!

Aus reiner Gewohnheit schaltete sie das Radio ein... Die Stimme von Regula-Maria schallte durch die Wohnung. Das war Monis Lieblingsstar. Sie warf sich auf das Bett und lauschte. Es dauerte nicht lange, da war sie selbst diese Regula-Maria... Sie stand auf einer Bühne in einem Stadion. Zehntausend Leute kreischten vor Begeisterung über ihren Gesang...

Regula-Maria reiste von Ort zu Ort. Überall wurde sie begeistert empfangen. Einmal begrüßte sie sogar der König von Azura Magia.

Plötzlich klirrte der Wohnungsschlüssel, und Monikas

Mutter stand im Zimmer.

„Wo ist Benni?"

Den hatte Monika vergessen abzuholen!

„Nur dummes Zeug hast du im Kopf", sagte die Mutter.

Aber was wusste die schon von Monikas Träumen...

Peter Abraham

Die Geschichte basiert auf dem Gespräch mit der 10-jährigen Annika. Annikas Eltern kommen beide aus Deutschland, auch Annika ist hier geboren, sie spricht also Deutsch und geht hier zur Schule. Aber auch Annika hat ihre besondere Geschichte. Sie träumt gern und viel. Manchmal ist sie traurig, weil ihr Vater nicht mehr bei ihnen wohnt. Viele Kinder in Deutschland wohnen nur mit ihrer Mutter oder nur mit ihrem Vater zusammen, weil sich ihre Eltern getrennt haben.

Bei Annika ist es sogar noch etwas komplizierter: Ihr Vater hat ihre Mutter geschlagen, als er noch bei ihnen wohnte. Obwohl sie sich daran erinnert, vermisst sie ihren Vater und denkt an die guten Dinge, die er für sie und ihren Bruder getan hat.

Beides, die Trennung der Eltern und Gewalt in der Familie, die sich durchaus auch gegen die Kinder richten kann, sind Erfahrungen, die viele Kinder in Deutschland betreffen – egal aus welchen Ländern ihre Familien kommen.

Zora, 10 Jahre

Das Haus hatte kein Fenster. Es war so dunkel, dass man nichts sehen konnte. Einmal bin ich eingeschlafen und dann wieder aufgestanden, und mein Hund hat sich auf meine Decke gelegt. Meine Mutter wollte mich wecken. Sie hat in das Hundefell gefasst und gedacht, ihre Tochter habe ein Fell bekommen, und hat geschrien vor Schreck.

Sie haben dieses Haus gebaut, nachdem mein Onkel gestorben ist. Wir hatten keine Wohnung mehr, unsere Verwandten hatten kein Haus mehr, da haben sie diese Hütte gebaut aus alten Steinen und Ästen und Decken.

Die da hinten, die kommt auch aus Bosnien, redet aber Zigeunerisch. Ist ihr peinlich, sie sagt immer, dass sie das nicht verstehe, aber ich weiß, sie kann's. Die kann gut kneifen, so mit den Händen. Das kann sie richtig gut.

Mein Vater redet auch halb Zigeunerisch. Ich versteh das nicht. Wenn er anruft, weiß ich nicht, was ich sagen soll. Ich versteh ihn sowieso nicht.

Die da hinten, die ist aber auch Kreuz. In der Schule, da wird man gefragt: Bist du Muslim oder Kreuz? Wir gehen nicht in die Kirche, aber trotzdem sind wir Kreuz. Die Türken und Albaner, die sind Muslime. Die ist auch Kreuz, aber manchmal sagt sie einfach, sie sei Muslimin, damit sie nicht ausgelacht wird.

Schweine essen mag ich aber auch nicht.

In Bosnien gab's immer nur Kartoffeln. Und einmal gab's Wolf. Die Soldaten hatten den erschossen, nachts. Dachten, es wäre ein Serbe. Am nächsten Tag haben wir ihn gefunden. Einen richtigen Wolf, wie in diesem Märchen. Mein Vater hat ein Feuer gemacht, und dann haben wir den Wolf aufgegessen. Sonst gab's nie Fleisch.

Wir sind dann nach Berlin. Meine Mutter, meine Schwester, die andere Schwester, ihr kleines Kind, meine zwei Brüder und ich. Zwei andere Brüder waren schon tot. Mein Vater wollte nicht mit.

Meine Mutter hat gesagt: „Der Krieg hört nie auf!" Mein Vater hat darüber nur gelacht. Er ruft oft an. Aber ich versteh ihn nicht mehr. Serbokroatisch versteh ich noch ein bisschen. Aber das Zigeunerisch nicht. Ist schon sechs Jahre her oder so.

Meinen Hund musste ich in dem Dorf lassen. Viele Freunde hatten wir da. Ich hab jetzt vergessen, wie es hieß. Es war eher eine kleine Stadt. Meine Mutter hat mit uns immer 1-2-3 gespielt und Schwarzer Peter und „Fischer, Fischer, wie tief ist das Wasser?"

Fisch esse ich auch nicht. Pizza esse ich am liebsten. Scharfe Pizza, türkische Pizza. Aber Ananas... Uaaah. Und Schnecken mag ich auch nicht. Die haben wir früher mal gegessen. Mein Vater hat gesagt, wir sollten froh sein, das wäre eine Spezialität. War eklig. Zu McDonald's geh ich gern.

Leider hab ich nicht viel Geld. Alle sollten viel Geld haben. Einmal war ich mit meinen Schwestern im McDonald's. Wir kriegen nur Essensmarken, und alles andere dauert lange.

Danach waren wir dann noch im See, schwimmen. Das finde ich auch eklig, die Schnecken und Würmer und diese Pflanzen da. Und da waren auch so nackte Frauen und nackte Männer. Die waren alt und dick. Da wussten wir gar nicht, wo wir uns hinsetzen sollten.

Türkische Musik find ich auch toll. Und Daniel.

Da ist meine Mama. Ich muss jetzt los.

David Chotjewitz

Die Geschichte bezieht sich auf ein Gespräch mit der 10-jährigen Salomé. Ihre Familie gehört zu der Volksgruppe der Sinti und Roma, die bei uns oft einfach „Zigeuner" oder früher auch „fahrendes Volk" genannt werden. Die Sinti und Roma leben in vielen verschiedenen Ländern. Salomés Familie kommt zum Beispiel aus Bosnien-Herzegowina, von wo sie während des Krieges geflohen sind. Die Roma und Sinti haben es in den meisten Ländern sehr schwer, weil sie von vielen Menschen abgelehnt und ausgegrenzt werden. Während der Nazi-Zeit in Deutschland wurden viele deutsche Roma und Sinti in Konzentrationslagern ermordet. Auch heute noch werden sie in vielen Ländern unterdrückt oder sogar verfolgt. Ihre Kultur, Traditionen und Sprache sind den meisten anderen Menschen unbekannt.

Fliegen ohne Flügel

Mehema liegt im Bett. Sie kann nicht schlafen. In ihrem Kopf summt es. Die Gedanken schwirren wie Bienen. Und hier und da stechen die auch mal. In der Schule hat es Ärger gegeben. Mehemas Freundin streitet gern. Sie will immer Recht haben. Aber das wollen die anderen auch. Mehema mag keinen Streit. Doch sie hält zu ihrer Freundin. Und schon ist sie mitten in der Zankerei. Ein böses Wort gibt das andere. Zum Schluss weiß keiner mehr, worüber man eigentlich gestritten hat.

Mehema war der ganze Tag verdorben. Sie hat auf den Abend gehofft. Das ist die einzige Zeit des Tages, zu der ihre Familie zusammen ist. Mutter hat diese grünen Teile, die wie Blätter aussehen und die sie „Pundu" nennt, gekocht. Dazu gab es diesen aufgeplusterten Gries. Die Mutter stammt aus einem afrikanischen Dorf und ist die beste Köchin der Welt. Das sagt jedenfalls der Vater. Nun, Mehemas Lieblingsgericht ist und bleibt Lasagne.

Kaum dass sie gegessen hatten, machte der Vater wie immer seine Späße. Über das Büro, in dem er arbeitet. Über Deutschland und Afrika. Über die ganze Welt eben. Heute hat der S-Bahnfahrer zu ihm gesagt, er will auch mal gefahren werden und gemütlich die Abendzeitung lesen. Da hat der Vater die S-Bahn durch Berlin gefahren. Die Mutter und die älteren Geschwister haben gelacht. Da musste auch Grace, der erst vier Jahre alt ist, mitlachen.

Nur Mehema hat einen Flunsch gezogen. Van, der schon dreizehn ist, hat gesagt: „Jetzt siehst du wieder aus wie eine fette Bulette." Und wieder haben alle gelacht. Die Mutter hat Mehema in die Arme nehmen wollen. Aber Mehema ist beleidigt aus der Wohnung gerannt. Auf der Wiese vor dem Haus ist sie mit ein paar älteren Jungen einem Fußball nachgejagt. Von wegen Bulette, hat sie sich gesagt. Sie ist schlank und biegsam wie eine Weidengerte. So jedenfalls sagt es die Sportlehrerin. Und mit gerade mal acht Jahren springt Mehema beim Sportfest unter Gleichaltrigen am weitesten. Drei Meter und fünfunddreißig Zentimeter. Das kann sich doch sehen lassen!

Am liebsten würde Mehema aus dem Bett springen und umherhüpfen. Aber es ist schließlich Nacht. Und das große Haus ist hellhörig. Wenn im Erdgeschoss ein Hundefloh hustet, ist das noch unterm Dach zu hören. Mehema lauscht zu den Betten, in denen ihre älteren Geschwister schlafen. Aber die gehen längst im Traumland spazieren. In Afrika, im Kongo, wo sie auch geboren sind. Auch Mehema träumt manchmal von Afrika, obwohl sie in Deutschland zur Welt gekommen ist. Irgendwann wird sich ihr Traum erfüllen. Sie wird durch die Straßen der Hauptstadt Kinshasa bummeln, den Leuten ein fröhliches „Bonjour!" zurufen, afrikanisches Eis schlecken und im mächtigen Kongofluss baden.

Aus dem Zimmer der Eltern ist Vaters bäriges Schnarchen zu hören. Bis Mutter auf Afrikanisch mit ihm schimpft. Da stöhnt der Vater kurz auf, dreht sich auf die andere Seite – und schnarcht weiter.

Mehema hat so viel zu erzählen. Jeden Tag. Und manchmal eben auch in der Nacht. Nur gut, sie hat da jemanden, mit dem sie immer reden kann. Kein richtiger Mensch. Auch kein Gespenst. Aber doch ein Freund. Sie kann ihn nicht sehen. Nur wenn sie die Augen schließt. Aber er ist da. Sie nennt ihn einfach „Gott". Und stellt ihn sich so vor: Ein Mann, nicht mehr ganz jung, aber auch noch nicht steinalt, braune Augen und ein Bart, nicht allzu lang. Und er trägt einen weißen Umhang mit Kapuze.

„Gott", flüstert Mehema. „Bist du da?"

Gott ist immer da. Mehema spürt es. Denn sie wird gleich etwas ruhiger. Und ihr wird warm ums Herz. Gott spricht nicht mit Worten zu ihr. Mehema muss übersetzen, was Gott zu ihr sagt. Das fällt ihr leicht. Denn sie spricht mehrere Sprachen: Deutsch, am besten Französisch, am wenigsten Luba, die afrikanische Heimatsprache ihrer Eltern.

„Ja", sagt Gott durch Mehemas Mund. „Was gibt's Neues?"

„Ich kann nicht schlafen", sagt Mehema. „Und ich bin so zappelig. Ich weiß gar nicht, wo ich mit mir hin soll."

Gott lacht. Er versteht Mehema. Ihm braucht sie nichts zu erklären. Er lacht nur, und dann schweigt er. In der Stille fühlt sich Mehema aufgehoben. Es ist wie auf einer Schaukel, die sanft schwingt.

Die Mutter ist aufgestanden. Sie kann wohl auch nicht schlafen. Mehema hört sie vom Flur aus mit Verwandten im Kongo telefonieren. Dort ist es auch Nacht. Aber manchmal ist die Sehnsucht der Mutter nach Daheim so stark, da kann sie nicht bis zum Morgen warten. Die Mutter lacht leise. Manchmal klingt ihre Stimme auch besorgt. Sie spricht so schnell Afrikanisch, dass Mehema nichts verstehen kann.

„Du, Gott", sagt Mehema. „Könntest du mir vielleicht einen Wunsch erfüllen?"

„Hm. Was denn für einen Wunsch, Mehema?"

„Ja, aber weißt du denn das nicht?", flüstert Mehema.

„Ich möchte endlich auch einmal nach Afrika. Meine Tanten und Onkel besuchen. Und ihre Kinder."

„Hm." Gott überlegt. So einfach ist es wohl auch für ihn nicht, ihren größten Wunsch zu erfüllen. Gott erfüllt jeden Tag viele von Mehemas Wünschen: Dass alle gesund sind. Dass die Musiklehrerin nicht zu viel schimpft. Dass ihre Freundin nicht schon wieder einen Streit anfängt.
Aber manchmal muss Mehema sich ihre Wünsche auch selbst erfüllen. Wenn sie weit springen will, muss sie tüchtig Anlauf nehmen und genau abspringen.

„Afrika ist so weit entfernt", sagt Gott schließlich.

„Dorthin kommst du nur mit dem Flugzeug. Aber der Flug kostet viel Geld. Und das haben deine Eltern nicht."

„O ja, fliegen!" Mehema springt im Bett auf und breitet die Arme aus. Gleich lässt sie sich wieder fallen und drückt sich die Hand auf den Mund. Die Mutter hat das Telefongespräch beendet. Sie öffnet die Tür und lauscht ins Zimmer. Leise lehnt sie die Tür wieder an und legt sich zurück ins Bett.

„Gott?", raunt Mehema. „Das war knapp. Bist du noch da?"

„Du solltest längst schlafen, Kleines", mahnt Gott. „Ich schenke dir einen guten Traum. Vielleicht kannst du darin fliegen. Das ist doch auch was."

„Ich will aber in der Wirklichkeit fliegen", beharrt Mehema. „Wie die Vögel. Oder ganz ohne Flügel. Einfach so."

„Einfach so", sagt Gott, er schiebt sich seine Kapuze zurück, lacht leise und wischt sich über die Augen. „Einfach so, das gibt es nicht. Nichts geht einfach so. Alles will geschaffen werden."

„Ach was", sagt Mehema. „Du bist doch Gott. In der Kirche höre ich jeden Sonntag, dass du alles kannst. Also lass mich fliegen. Bitte. Nur einmal. Nach Afrika. Und zurück."

Gott zupft an seinem Bart. Seine braunen Augen blicken jetzt streng. Er sagt: „Das schlag dir aus dem Kopf, Mehema. Das würde was werden, wenn ich allen Menschen ihre Wünsche erfüllte."

Mehema schnippt mit den Fingern. „Ich weiß", ruft sie.

73

„Dann wären alle zufrieden und hätten jeden Tag gute Laune."

„Was du Fratz da wieder redest." Gottes Stimme klingt ernst. „Alles würde durcheinander gehen. Der eine will das und der andere dies. Die einen wollen es süß und die anderen sauer. Du willst immer Sonnenschein, und deiner Freundin ist der Schnee lieber. Glaub mir, das würde einen fürchterlichen Streit geben, der nie endete."

„Aber...", Mehema schluchzt. Wie soll sie denn nun nach Afrika kommen? „Aber, bitte...", versucht sie noch einmal, Gott umzustimmen.

Doch Gott will nichts mehr hören. Er zieht sich die Kapuze über den Kopf und sagt kurz angebunden: „Schlaf jetzt!"

Mehema liegt steif und angespannt im Bett. So kann sie niemals schlafen. Sie wispert: „Bist du mir böse?"

Gott ist ihr nie böse. Da ist Mehema sich sicher. „Eigentlich hast du ja Recht, Gott", sagt sie schließlich. „Es muss wirklich schlimm sein, wenn man keine Wünsche mehr hat. Da ist man leer wie eine Cola-Dose."

Mehema kuschelt sich zurecht, wie sie als Winzling in Mutters Bauch gelegen hat. Oh, das tut gut. Durch das offene Fenster hört sie die Stadt rumoren. Im Hof schreit eine Katze. Ein warmer Windstoß streichelt sie.

Also werde ich wohl Pilotin werden und mit dem Flugzeug nach Afrika fliegen, denkt Mehema. Aber erst einmal werde ich Sängerin. Es gibt so schöne Lieder, die alle gesungen werden wollen. Vielleicht werde ich auch Ärztin. Und dann

Lehrerin. Mehema hat noch so viel vor. Aber erst einmal schläft sie tief und fest. Ganz hingegeben. Mit einem Lächeln im Gesicht.

Gunter Preuß

Diese Geschichte basiert auf dem Gespräch mit Tabia, deren Familie aus der Demokratischen Republik Kongo kommt. Es gibt übrigens noch ein zweites afrikanisches Land, das Kongo heißt: Republik Kongo. Nach langer Ausbeutung durch den Diktator Mobuto und einem blutigen Krieg ist die Demokratische Republik Kongo heute in einem schrecklichen Zustand. Angst, Gewalt und Hass bestimmen das tägliche Leben. Jeden Tag sterben viele Menschen durch Gewalt oder Hunger.

Für Tabia und ihre Familie ist es natürlich schlimm zu wissen, was in ihrem Heimatland passiert, und sie haben Angst um Familienmitglieder und Freundinnen und Freunde. Tabia wünscht sich trotz der schlechten Lage in dem Land sehr, dass sie dort einmal hinfahren und ihre Verwandten besuchen kann. Aber nicht nur das Geld hierfür fehlt der Familie. Sie sind auch illegal in Deutschland. Wenn man „illegal" in einem Land lebt, heißt das, dass man eigentlich gar keine Erlaubnis hat, dort zu leben. Wenn man keine Erlaubnis hat, muss man immer aufpassen, dass man nicht entdeckt wird, weil man sonst meistens sofort das Land verlassen muss und nicht wiederkommen darf. Deshalb kann Tabias Familie auch nicht einfach in ein anderes Land reisen. Niemand darf merken, dass sie keine Erlaubnis haben, in Deutschland zu leben.

Roman

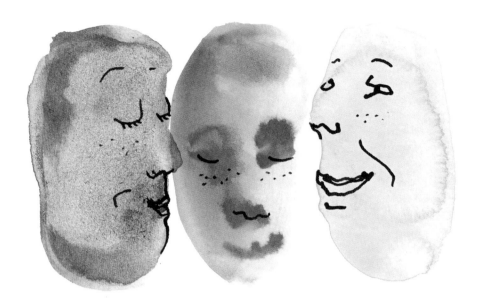

Mist! Da hinten stehen sie wieder! Die Typen aus dem
Wohnblock 11. Sergej, Mustafa, Erion oder wie die alle heißen.

Roman biegt in die Seitenstraße ab. Er will andersherum
zur Wohnung. Hier entlang ist es ihm zu gefährlich. Heißes
Pflaster.

Als er vor zwei Jahren neu in Berlin war, haben ihm solche
Kerle mal aufgelauert. Da war er neun. Seinen neuen Fußball
wollten sie haben. „Gib den Ball her, oder ich bring dich
um!", hatte einer von den Typen gedroht und war mit den

Händen in den Hosentaschen auf ihn zugekommen. Wer weiß, vielleicht hatte der da noch ein Klappmesser versteckt. Dass diese Kerle schnell mal zustechen, ist ja bekannt...

Roman wird jetzt noch ganz anders, wenn er daran denkt. Glücklicherweise war er damals schon fast zu Hause. Er war zum Eingang gerannt, hatte geklingelt und seinen Vater heruntergeholt. Da waren die Typen schnell geflüchtet.

Wieso nur gibt es immer Zoff mit denen? Und immer nur mit diesen Typen. Mit den meisten anderen hier versteht sich Roman nämlich bestens. Mit Radek zum Beispiel, seinem Kumpel aus der Schule. Der beschützt ihn, wenn es brenzlig wird. Radek ist beinhart. Wo der zuschlägt, wachsen so schnell keine neuen Zähne.

Die Polen zum Beispiel sind auch in Ordnung. Einige von ihnen sind seine Freunde. Oder Zoran. Der ist aus Jugoslawien und ein guter Kumpel. Überhaupt kommen hier in der Gegend viele aus dem Ausland. In Romans Klasse sind von 27 Kindern nur fünf aus Deutschland.

Jetzt um die Ecke biegen, dann an den Büschen entlang und von hinten über die Wiese an den Teppichstangen vorbei zum Haus. Die Luft ist rein. Roman grinst. So schnell lässt er sich nicht von irgendwelchen Typen bedrohen. Dafür ist er zu schlau.

Er stößt die Tür auf und läuft im Treppenhaus nach oben. Seit zwei Jahren lebt er jetzt hier mit seiner älteren Schwester Jessica und den Eltern. Vorher hatten sie in Brandenburg gewohnt. Nacheinander in vier verschiedenen

Wohnungen. An so viele erinnert sich Roman zumindest noch.

Nach der Wende, als die Mauer fiel und die DDR nicht mehr war, wurde das Leben immer schwerer. Sagt Romans Vater. Dabei hatten seine Eltern gedacht, dass nun alles besser wird. Doch Pustekuchen. Plötzlich gab es kaum noch Arbeit, und immer mehr Leute zogen weg. Nach Berlin oder in den Westen oder ins Ausland. Die Wohnungen waren allerdings schon vorher marode. In der ersten, an die sich Roman erinnern kann, war ein Loch in der Küche. Da konnte man durchfallen.

In der zweiten Wohnung waren sie ganz allein gewesen. Im Gebäude wohnte sonst niemand mehr. Im Keller liefen eklige weiße Spinnen, und eines Nachts brachen Unbekannte ins Erdgeschoss ein.

Viele Läden in der Umgebung waren mittlerweile geschlossen. Nix los. Kein Moos.

Nee, da ist es hier in Berlin schon besser. Obwohl sein Vater immer noch keine richtige Arbeit hat. Aber immerhin hat er eine Beschäftigung und bekommt Geld vom Arbeitsamt. Außerdem kann man hier wenigstens Freunde finden. Im Kinderclub nach der Schule zum Beispiel, wo man Tischtennis spielen und toben kann. Es gibt eine Teestube, und am Kiosk kann man sich Süßigkeiten kaufen. Zudem laufen da ein paar nette Mädchen herum. Mit einem von denen geht Roman seit ein paar Wochen. Name wird nicht verraten. Schließlich muss es nicht jeder wissen. Auch seine

Eltern und die Schwester nicht. Na ja, ist ja auch noch nicht ganz so viel passiert. Ein paar Küsse hinten in der Teestube, und einmal waren sie zusammen im Kino. Das war schon ein gutes Feeling, und am Ende hatte er ganz wacklige Knie. Ob es die große Liebe ist? Mal abwarten. Seine polnischen Freunde sagen immer: „Mädsche schwäääre Kunst."

Roman stößt die Wohnungstür auf. Keiner da. Normalerweise ist seine Mutter zu Hause, aber vielleicht ist die gerade einkaufen oder bei einer Nachbarin.

Er geht in sein Zimmer, wirft die Schultasche neben das Bett. Als er zum Fenster hinaussieht, kann er die Typen sehen. Er schneidet eine Grimasse. Pech gehabt! Die erwischen ihn niemals.

Dafür ist er zu schlau.

Dierk Rohdenburg

Die Geschichte entstand auf der Grundlage eines Gesprächs mit dem 10-jährigen Sven. Sie ist ein Beispiel dafür, dass es nicht immer einfach ist, wenn Menschen zusammenleben. Sven hat einmal eine schlimme Sache erlebt, als ihn ausländische Jungen wegen seines Fußballs bedroht haben. Sven hat seitdem ein bisschen Angst vor ihnen, und vor allem denkt er böse Dinge über sie. Dies wird immer so weitergehen, wenn nicht Sven, die „Typen" oder andere Menschen in der Umgebung etwas unternehmen, um die Situation zu verändern.

Regen-Anastasia

Malen mag Anastasia. Malen ist ihr Lieblingsfach. Aber
ihre Lehrerin sagt: „Malen ist kein Fach. Malen ist Kunst."
Anastasia gefällt das. Sie mag ihre Lehrerin. Und was sie
sagt. Besonders, dass Malen Kunst ist.

Alle Kinder in Anastasias Klasse malen ein Bild. Mit
Wasserfarben. Ein Bild vom Sommer, in dem alles trocken ist.
Die Bäume lassen die Äste traurig hängen. Die Blätter der

Sträucher baumeln lustlos und ausgezehrt von den Zweigen. Die Blumen können kaum ihre Stängel strecken und lassen Blüten zu Boden fallen. Das Gras verdorrt. So sieht es in diesem Sommer in Deutschland aus. Der heißeste, trockenste Sommer, den es je gab, sagen die Nachbarn von Anastasia. Und sie fragen, ob es in ihrer Heimat, in Kasachstan, auch so lange so heiß gewesen ist. Anastasia weiß es nicht. Sie schüttelt den Kopf und lächelt.

„Ich werde Oma und Mama fragen", sagt sie. Sie rennt in den dritten Stock in ihre Wohnung und fragt, ohne zu wissen, wer da ist, auf Russisch, ob es daheim auch so lange so heiß gewesen ist. Anastasia bekommt keine Antwort. Oma und Mama sind in der Großmarkthalle, wo sie beide bei einem Gemüsehändler aus Kasachstan arbeiten. Anastasia will aus dem Fenster rufen, um den Nachbarn Bescheid zu geben. Aber die sind nicht mehr da.

Anastasia ist beim Malen ganz versunken. Sie muss an die Nachbarn denken, die ihre Antwort nicht abgewartet haben. Die älteste der Nachbarinnen, die sehr krank ist, bekommt gern Besuch von Anastasia. Anastasia besorgt der alten Frau dies und das aus einem Laden, einem Büro. Dafür bekommt Anastasia ein paar Euro. Aber sie mag die alte Nachbarin – nicht, weil diese sie gut entlohnt, sondern weil sie so lieb und so mild ist wie Anastasias andere Oma, die in Kasachstan geblieben ist. Wegen ihrer schweren Beine. Die mochten nicht nach Berlin. „Zu weit, viel zu weit!", hatte die andere Oma gesagt, als Anastasia mit den Eltern und einem

Großelternpaar vor einem halben Jahr nach Deutschland gegangen war. Der andere Opa war schon tot. Aber die andere Oma, die lebt noch. Auch hier in Berlin: Es ist die kranke Nachbarin. Mit der unterhält sich Anastasia oft lange, lange.

Neulich saß sie an ihrem Bettrand. Die Hitze war fast unerträglich. Anastasia trocknete der „anderen Oma" den Schweiß von der Stirn. „Das tut gut", sagte die alte, bettlägerige Frau. „Wasser, Wasser!", verlangte sie. Anastasia brachte eine Kanne voll mit frischem Wasser. Sie gab der Kranken zu trinken. Die wollte auf einmal, dass Anastasia sie mit Wasser besprenge: setzte sich im Bett auf, warf die Zudecke beiseite, riss sich das Nachthemd von der Brust und empfing Anastasias spritzenden kühlen Regen. Beide lachten lange und wiederholten das Spiel mehrmals. Bis die alte Frau genug hatte. Und ihr Bett viel zu nass geworden war. „Kein Problem", sagte die Beregnete. „Wird schon wieder trocken!" Und Anastasia und die „andere Oma" umarmten sich.

Inzwischen hat Anastasia ihr Bild vom Sommer, in dem alles trocken ist, fertig. Die Bäume lassen die Äste traurig hängen. Ihre Blätter der Sträucher baumeln lustlos und ausgezehrt von den Zweigen. Ihre Blumen können kaum ihre Stängel strecken und lassen die Blüten zu Boden fallen. Ihr Gras aber ist grün. Denn Anastasia hat es regnen lassen. Von der Mitte ihres bunten Blattes strahlt eine gelbe Sonne. Aber aus dem wolkenlosen Himmel sprüht gleichzeitig Regen. Er benetzt die traurig hängenden Äste der Bäume, die lustlos und ausgezehrt baumelnden Blätter der Sträucher und die

Blumen, deren Stängel sich kaum strecken und deren Blüten zu Boden gefallen sind. Anastasia malt noch mehr Regen.

„Den brauchen wir", sagt Anastasia, als ihre Lehrerin ihr Malblatt mit einem erstaunten Blick betrachtet. „Jetzt ist es in Deutschland wie in Kasachstan: glühend heiß. In Kasachstan hatte es wenig geregnet. Wir warteten alle mit großer Sehnsucht auf ihn. Ich rief über unsere Wiese hinweg: ‚Regen, Regen, du sollst kommen!' Und auf einmal, da kam der Regen. Es dauerte nur ein paar Minuten. Ich hatte ganz, ganz laut gerufen: ‚Regen, Regen, du sollst kommen!' Alle im Haus hörten es. Die Nachbarn liefen zusammen. Und alle schauten zum Himmel und sahen, wie sich ganz plötzlich Wolken bildeten, aus denen es einen halben Nachmittag lang tröpfelte. Die Kinder zogen ihre Kleider aus und tanzten. Und alle staunten und sagten zu mir: ‚Du bist unsere Regen-Anastasia.' Seitdem ist der Regen mein Freund und sind Regentage meine Lieblingstage."

Die Geschichte muss Anastasia der ganzen Klasse erzählen. Die Lehrerin will das. Anastasia erzählt ihre Regengeschichte aus Kasachstan. Und dann noch die aus Deutschland. Als sie es auf die kranke Nachbarin regnen ließ.

Hans Gärtner

Die Geschichte bezieht sich auf ein Gespräch mit der 9-jährigen Karina. Ihre Familie und sie sind Aussiedler. Ausiedlerinnen und Aussiedler sind Deutsche, deren Vorfahren seit langer Zeit außerhalb des heutigen Deutschlands gelebt haben und die ihre Wohnorte in anderen Ländern verlassen und nach Deutschland ziehen. Viele Ausiedlerinnen und Aussiedler sind aus Rumänien und Polen nach Deutschland gekommen, Karinas Familie aus Kasachstan.

Für die Kinder und auch für ihre Eltern ist die Eingewöhnung in Deutschland oft schwierig. Sie haben sich Deutschland meistens anders vorgestellt, bevor sie hierher gekommen sind. Außerdem gibt es häufig Sprachschwierigkeiten.

Viele Kinder aus Aussiedlerfamilien haben ein Problem: In dem Land, in dem sie vorher gewohnt haben, waren sie für die anderen Menschen „die Deutschen". Hier in Deutschland werden sie aber von den anderen deutschen Kindern oft gar nicht als Deutsche gesehen, sondern als „Russen", Kasachen", „Polen" usw. So leiden viele Ausiedlerinnen und Aussiedler darunter, sich weder in Deutschland noch in dem Land, in dem sie vorher gewohnt haben, zu Hause zu fühlen.

Eine große Reise

Ayla drehte sich nicht mehr um. Sie hielt ihren kleinen, dunkelblauen Pappkoffer fest umklammert, obwohl er nicht schwer war. Ihren Kopf hatte sie gegen den Rock ihrer Mutter gepresst und ohne auf die Straße zu sehen, bewegte sie sich mit den anderen mit. Ihre Eltern hatten von einer längeren Reise gesprochen. Von einem Schiff und den Verwandten in Deutschland. Ayla konnte sich die Reise nicht wirklich vorstellen, aber sie war neugierig auf das Meer. Sie kannte es nur von Bildern und den Erzählungen ihrer Tante. Da war es blaugrün schillernd und so groß und so weit, wie man gar nicht sehen kann.

Eben hatte sie noch Feigen aus dem Garten geholt. Nur schnell ein paar von denen, die von den Bäumen auf die Erde gefallen waren. Unter den Bäumen roch es lecker süß nach blühenden Wiesenblumen und reifen Früchten. Das hohe Gras strich an ihren Kniestrümpfen entlang, und sie wäre so gerne den Schmetterlingen hinterhergesprungen. Doch sie hatte die Stimme des Vaters in den Ohren: „Wir müssen uns beeilen, bitte trödele nicht im Garten herum. Los, los!" Und schon standen sie am Hafen vor einem so riesigen Schiff, dass Ayla dachte, es wäre ein schwimmendes Hochhaus. Das Wasser war nicht blaugrün, sondern braun, und es stank ekelhaft. Eine Mischung aus Motorenöl und toten Fischen. Ayla kannte den Ölgeruch aus der Garage ihres Onkels, und tote Fische gab es natürlich beim Fischhändler auf dem Markt, wo sie auch schon öfter eingekauft hatte. Trotzdem wurde ihr ganz übel. Sie drückte sich ganz dicht an das Hosenbein ihres Vaters.

Als sie endlich auf dem Schiff in ihrer winzig kleinen Kabine ankamen, war Ayla so müde, dass sie sofort ihr Schlafpüppchen umarmte und auf der kleinen Liege einschlief. Irgendwann mitten in der Nacht hörte sie laute Stimmen. Es waren Männerstimmen, einige schrien, andere sprachen sehr schnell und hastig. War das Türkisch? War das sogar die Stimme ihres Vaters? Sie konnte nichts verstehen. Doch sie spürte, dass die Männer dort draußen einen Streit hatten. Sie lauschte weiter.

Durch den Vorhang fiel etwas Licht in die Kabine, und sie schaute fragend zum Bett ihrer Eltern. Neben ihrer Mutter war ein freier Platz. Ihr Herz pochte. Ihr Vater war nicht da. Oje, war das alles merkwürdig! Das Tuckern des Schiffes hörte nicht auf. Sie umklammerte ihr Schlafpüppchen und wünschte sich eine gute Fee herbei. Die Fee zauberte sie ganz schnell zurück nach Hause – zu ihren Freundinnen, zu ihren Großeltern, in die Schule zu der netten Mathelehrerin und in den schönen, großen Garten, in dem sie mit ihren Geschwistern herumtollte. Dann schlief sie wieder ein.

Am anderen Morgen wusste sie nicht, ob sie einen bösen Traum gehabt hatte oder ob tatsächlich etwas passiert war. Ihre Mutter sah ernst und ein bisschen traurig aus, da sagte sie nichts. Außerdem war sie so gespannt auf das Meer und wollte ganz schnell an Deck. Sie nahm ihr kleines Lesebuch aus dem Koffer und lief zum Bullauge in ihrer Kabine. Sie musste sich auf ihre Fußspitzen stellen, um hinaussehen zu können. Dann sah sie dunkelblaues Wasser! So weit sie schaute, war alles dunkelblau, tief, tief dunkelblau. Direkt darüber kam schon der hellblaue Himmel, der bis über ihren Kopf reichte. Ayla war begeistert, das hatte sie noch nie gesehen: Der Himmel und das Meer so eng zusammen, dass man gar nicht wusste, ob es noch Platz dazwischen gab für einen. Dann setzte sie sich auf den Boden und schlug ihr Lesebuch auf. Da war plötzlich Janan. Janan, wie sie mit zwei Mischlingswelpen im Arm fröhlich die Straße herauf zum Haus von Aylas Eltern rennt. Ayla hatte ein Foto von Janan mitgenommen, damit sie sie nicht so vermisst und damit sie ihr alles von ihrer Reise nach Deutschland erzählen kann.

„Wie lange müssen wir noch auf dem Schiff bleiben?", fragte sie ihren Vater, „und gehst du heute Nacht wieder weg von uns?" Ihr Vater strich ihr über die Haare. „Noch drei

Tage sind wir unterwegs, und ich verlasse euch nicht. Hab keine Angst." Ayla hörte heimlich zu, wie er mit ihrer Mutter über die Ereignisse der vergangenen Nacht sprach. Einer der arabischen Männer wurde beschuldigt, einer Familie einen Koffer gestohlen zu haben, in dem sehr wertvoller Schmuck gewesen war. Der bestohlene Familienvater und sein Bruder, der auch mitreiste, waren so wütend, dass sie dem Dieb ein Ohr abschneiden wollten. Im letzten Moment konnte ihr Vater mit der Hilfe anderer Männer das Schlimmste verhindern. Das war wohl ganz schön gefährlich, aber auch richtig mutig. Ayla seufzte über diese aufregende Geschichte.

Dann suchte sie ihren großen Bruder, sie wollte nicht allein sein. Ganz vorne auf dem Deck saß eine ganz junge, blond gelockte Frau, umringt von Kindern, Frauen und Männern. Jeder hatte ein großes Stück Papier vor sich liegen und Malstifte in der Hand. Das sah schön aus, wie alle blaue Himmel malten. Oder blaues Meer. Ayla setzte sich neben ein anderes Mädchen und fing sofort an zu malen. Mit Grün, Rot, Orange und Gelb allerdings. Das war der Garten Zuhause, denn der war ihr doch näher als das Meer. Das Mädchen neben ihr lachte sie an.

Iris Schuhmacher

Die Geschichte basiert auf einem Gespräch mit dem kurdischen Mädchen Rohat. Nachdem ihr Vater in der Türkei im Gefängnis gewesen war, kamen sie und ihre Familie als politische Flüchtlinge nach Deutschland. Rohat erzählt in dem Interview die Geschichte ihrer Schiffsreise weiter:

„Als wir hier angekommen sind, ist der Kapitän ins Gefängnis gekommen. Wir waren gegen etwas geknallt, da mussten wir schnell vom Schiff runter. Das war ein Unfall. In dem Heim, in dem wir dann hier gewohnt haben, war eine Frau mit ihrem Sohn. Ihr Mann und ihre zwei Töchter sind im Wasser untergegangen. Die sind nicht gerettet worden. Die sind ertrunken."

Viele Menschen, die als Flüchtlinge in Deutschland leben, haben eine schwierige und gefährliche Reise hinter sich, um hierher zu kommen, und einige haben dabei Mitmenschen und Verwandte verloren.

Die doppelte Heimat

Joanka ist ein Kind wie jedes andere. Sie wohnt mit ihren Eltern und ihren Geschwistern in Berlin und besucht die vierte Klasse der örtlichen Grundschule. Die Kinder nennen ihre Schule die „Rote Schule", denn sie ist vor kurzem knallrot angemalt worden – sie sieht fast aus wie ein Feuerwehrhaus.

Heute ist der letzte Tag vor den Ferien. Joanka ist schon ganz aufgeregt. Sie fährt mit ihren Eltern und ihren Geschwistern in ihr Ferienhaus – und zum Ferienhaus müssen sie ganz schön weit fahren. Denn das Ferienhaus ist ziemlich weit von Berlin entfernt. Es steht in Polen. Ihre Mutter kommt nämlich von dort! Deshalb kann Joanka etwas, was ihre Klassenkameraden nicht können: Wenn sie wütend ist, dann schimpft sie ganz laut auf Polnisch. Das macht ihr so leicht keiner nach! Ihre allerbeste Freundin

Sarah findet das klasse. Einfach losschimpfen – man kann sagen, was man will – und keiner versteht einen! Joanka hat angefangen, ihrer Freundin Polnisch beizubringen. Man stelle sich vor: Man sieht einen Jungen, den man doof findet, und dann sagt man auf Polnisch: „Guck mal, wie der aussieht! Der könnte sich ohne sich zu schminken in die Geisterbahn stellen." Und dann würde man miteinander lachen, und der Junge würde einfach nichts verstehen! Einmalig. Sarah findet die Sprache allerdings ganz schön schwierig. Sie hat sich ein Vokabelheft angeschafft, und Joanka übt mit ihr jeden Tag!

Dieses Mal freut sich Joanka noch mehr auf die Ferien – denn Sarah darf mitkommen. Das Ferienhaus liegt direkt an einem großen See. Da gibt es Wiesen, große Bäume, und Joankas Eltern haben sogar ein Ruderboot, mit dem sie über den See rudern können.

Auch Sarah ist schon aufgeregt. Sie war noch nie weit weg von Berlin.

Nach einer ziemlich langen Autofahrt sind sie endlich im Ferienhaus in Polen angekommen. Sarah staunt. „Ich verstehe gar nicht, dass ihr in Berlin wohnt", meint sie. „Hier ist es doch viel schöner: Wälder, Wiesen, nicht nur Häuser wie zu Hause. Warum wohnt ihr nicht hier?" Joanka findet es in Polen auch schön. „Aber", sagt sie zu Sarah, „ich bin auch gern in Berlin. Es ist doch einfach herrlich, beides zu haben. So habe ich meine Freunde in Deutschland und meine Freunde in Polen, da wird mir nie langweilig!"

Sarah hat sich begeistert ihren Badeanzug angezogen:

„Komm",

ruft sie übermütig,

„lass uns baden gehen!"

Joankas Geschwister sind auch schon längst

zum See gelaufen. Zusammen machen sie eine riesige

Wasserschlacht. Und ehe sie sich's versehen, kommen ganz

viele polnische Kinder hinzu. Joanka freut sich sehr, ihre

polnischen Freundinnen wiederzusehen.

Vor lauter Freude vergisst sie, dass Sarah die Sprache noch

nicht so gut sprechen kann, und plappert munter auf

Polnisch los. Erst als sie Sarahs Gesicht sieht, merkt sie, dass

diese kein Wort versteht. „Sarah, guck mal: Das sind meine

polnischen Freundinnen. Immer wenn wir hier in Polen sind,

spielen wir zusammen." Und dann stellt Joanka Sarah ihren

polnischen Freundinnen vor. Von diesem Augenblick an ist es

gleichgültig, dass sie nicht die gleiche Sprache sprechen.

Wozu haben sie Hände und Füße? Sie verstehen sich prächtig!

Am Abend haben sie großen Hunger, und Joankas Mutter hat

schon leckere
Sachen gekocht.
Joankas Lieblingsgericht:
Bigos. Das ist ein polnischer Eintopf – dazu
hat ihre Mutter ein leckeres Brot gebacken. Das war ein
wunderschöner Tag. „Irgendwie ist es hier wunderschön",
meint Joanka später, als sie im Bett liegen. „Ich vermisse
meine Inliner und mein Fahrrad gar nicht. Hier ist es schon
direkt vor der Haustür schön. Da braucht man nicht so weit
zu laufen. Verstecken spielen und Fangen macht auch großen Spaß. Aber weißt du, Sarah, in Berlin ist es auch schön.
Unsere Klassenkameraden, die vielen Kinder auf der Straße,
das möchte ich auch nicht missen. Weißt du, ich würde gern
hierhin ziehen, aber auch gern in Deutschland bleiben.
Vielleicht werde ich mal Sängerin in einer Band, dann verdien
ich eine Menge Geld und kann dann eben in Polen und in
Deutschland leben. Dann kaufe ich mir zwei Häuser." „Na,
und wenn du nicht entdeckt wirst?", meint Sarah und gähnt.

„Dann werde ich eben Tierärztin. Die verdienen auch genug!"
Und plötzlich wird es still. Die Mädchen sind eingeschlafen,
und ein wunderbarer erster Ferientag liegt hinter ihnen.

Sarah wird ihren Eltern viel zu erzählen haben, wenn sie
wieder nach Hause kommt. Vielleicht fahren sie das nächste
Mal ja alle zusammen nach Polen? Und bis dahin wird sie
üben, üben, üben: Dann kann sie Joankas Freundinnen auch
verstehen!

Petra Mönter

Die Idee zu der Geschichte entstand durch ein Gespräch mit
der 9-jährigen Polin Anka. Ihr Vater ist aus Deutschland, und
ihre Mutter ist nach Deutschland gekommen, um hier zu arbeiten. In den Ferien fahren sie jedoch oft zu ihrem Haus in Polen.
Anka kennt sich deshalb in beiden Ländern aus und spricht
auch beide Sprachen, Deutsch und Polnisch. Polen ist ein
Nachbarland von Deutschland. Die beiden Länder haben eine
schwierige gemeinsame Geschichte, und obwohl Polen und
Deutschland als Länder aneinander grenzen, wissen viele
Deutsche nicht viel über Polen und waren noch nie dort. Bald
wird Polen aber genauso wie Deutschland auch zur
Europäischen Union gehören, und man kann hoffen, dass sich
der Austausch zwischen beiden Ländern dann verstärkt.

Nadja trifft Arun

Nadja, das kleine Mädchen aus der Siedlung, wanderte auf den Spielplatz in der Hoffnung, dort jemanden zu finden, mit dem sie ihre Zeit verbringen konnte.

Als sie ankam, stellte sie fest, dass niemand da war – das lag wohl am Wetter. Sie setzte sich auf eine Bank und starrte in die Luft.

Plötzlich hörte sie ein Fahrrad, und auf dem saß ein kleiner Junge, fröhlich pfeifend im Sattel.

Als er Nadja entdeckte, hielt er an und setzte sich zu ihr.

„Hallo, warum bist du hier so allein?"

„Ich habe gehofft, jemanden zum Spielen zu finden."

„Und jetzt bist du enttäuscht?"

„Ja. Wer bist du denn, und wo kommst du her?"

„Ich heiße Arun und komme vom Karate. Ich möchte unbedingt mal den schwarzen Gürtel haben, aber das wird noch eine Weile dauern."

„Arun, das klingt aber nicht Deutsch."

„Nein, ich bin Pakistaner, aber geboren wurde ich hier in

Deutschland. Eigentlich wollte ich immer einen älteren Bruder, bekommen habe ich vier Schwestern."

„Traurig?"

„Nein, sie sind okay, wir streiten uns manchmal, aber das ist ja normal."

„Warst du schon einmal in Pakistan... wie ist es da?"

„Oh ja, ich war schon oft da. Es ist schön, meine Verwandten leben dort. Jeder hat ein eigenes Häuschen und einen Garten, in dem man herrlich spielen kann. Hier leben wir in einer Mietwohnung, aber das ist auch gut. Es ist alles sauberer als in Pakistan."

„Möchtest du einmal dort leben?"

„Tja, das weiß ich nicht. Nein, ich glaube nicht. Ich fühle mich wohl hier, auch wenn ich mich immer ärgere, dass die Menschen hier auf dem Radweg laufen und ich immer um sie herumkurven muss."

Nadja lachte herzlich und löcherte Arun weiter mit ihren Fragen.

„Leben – wie hieß das gleich noch? – Pakistaner anders als wir? Welche Sprache sprecht ihr?"

„Wir sprechen Urdu, mein Vater kann auch Deutsch. Er ist Manager in einem indischen Restaurant. Meine Mutter spricht nur Urdu, und mit meinen Schwestern spreche ich nur Deutsch."

„Wow, das ist klasse. Ich kann nur Deutsch, sonst nichts. Und wie lebt ihr sonst?"

„Eigentlich genau wie ihr, außer dass wir Moslems sind

und oft beten. Ich vergesse es manchmal, weil Spielen halt
schöner ist, aber ich habe mir fest vorgenommen, es zu tun.
Wir dürfen oder sollen nur Fleisch essen, das traditionell
geschlachtet wurde, und wir feiern ein paar andere Feste als
ihr, aber ansonsten sind wir wohl gleich."

„Welche Feste feiert ihr denn nicht? Wir haben Ostern,
Weihnachten, Karneval und Halloween, macht alles riesigen
Spaß."

„Wir feiern das Zuckerfest, eigentlich nennen wir es

Ramadan. Wir fasten dann und beten. Ostern versteckt Mama für uns Süßigkeiten, aber Weihnachten, Karneval und Halloween, das feiern wir nicht."

„Habt ihr viele deutsche Freunde und Bekannte?"

„Nein, eigentlich nicht. In unserer Klasse ist ein ziemliches Durcheinander. Wir haben Inder, Türken, Araber und viele mehr, leider aber nur wenige Deutsche."

„Findest du das nicht schade?"

„Ich weiß nicht, nein, ich habe ja viele Freunde, und dich habe ich ja jetzt auch kennen gelernt. Vielleicht treffen wir uns hier ja mal zum Spielen und Reden, wäre schön."

„Gerne, aber eine Frage habe ich dann doch noch."

„Und welche?"

„Würdest du gern mal in Pakistan leben, für immer meine ich?"

„Keine Ahnung, ich glaube eher nicht, aber wer weiß schon, was in ein paar Jahren ist. Kann ich nicht sagen. Ich fühle mich wohl hier und habe viele Dinge, die ich gern mache."

„Was denn noch, außer Karate?"

„Am Computer spielen, Radfahren, Breakdance und so weiter."

„Toll, das klingt interessant."

„Vielleicht drehen wir zusammen mal eine Runde mit dem Rad, meine Mutter hat bestimmt nichts dagegen. Wir fahren dann auch bei Angelo vorbei."

„Angelo?"

„Ja, kennst du ihn nicht, der macht die besten Pizzen hier."

„Pizza, mein Leibgericht, eine tolle Idee! Gehst du eigentlich gern zur Schule?"

„Ja klar, du denn nicht? Ich habe eine Menge Sachen, die ich gern mache: Sport, Erzählen, Lesen und Schreiben. Was magst du gern, Nadja?"

„Ich mag Sport und Mathe. Wir haben auch so etwas, das heißt bildende Kunst, aber das mag ich überhaupt nicht, und es macht auch keinen Spaß."

Nadja schaute auf ihre Uhr und erschrak.

„Arun, entschuldige, wir haben so lange geredet. Ich habe total die Zeit vergessen, und jetzt komme ich zu spät nach Hause. Ich muss noch ein Stück durch den Park laufen."

„Komm, schwing dich auf mein Rad, ich fahre dich ein Stück, dann bekommst du keinen Ärger."

„Das ist nett."

Arun brachte Nadja zum Ausgang des Parks, und die beiden verabschiedeten sich freundlich. Sie versprachen einander, sich mal wieder zu treffen, um sich über Pakistan und seine Menschen zu unterhalten.

Arun schwang sich in den Sattel und pfeifend zog er davon.

Nadja freute sich darüber, mit ihm gesprochen zu haben, und sie hatte wieder einiges gelernt über schöne Namen, fremde Länder und deren Kultur.

Monika Bahr

Die Geschichte bezieht sich auf das Gespräch mit dem 11-jährigen Hasin, dessen Eltern aus Pakistan nach Deutschland gekommen sind, um hier zu arbeiten. Hasin ist schon hier geboren und hat bisher sein gesamtes Leben in Deutschland verbracht. Pakistan kennt er nur von Ferienreisen dorthin.

Pakistan und sein Nachbarland Indien kämpfen seit vielen Jahren um die Kaschmir-Region, die zwischen beiden Ländern liegt. In diesem Konflikt sterben nicht nur Soldaten, sondern auch viele Kinder, Frauen und Männer, die dort leben. Hasin und seine Eltern bekommen von diesen Auseinandersetzungen aber nicht so viel mit, weil sie sich mehr für die Politik und Entwicklungen in Deutschland als für die Nachrichten aus Pakistan interessieren. Hasins Vater arbeitet sogar in einem indischen Restaurant, obwohl er Pakistaner ist. Nicht immer gelingt es Menschen so gut, den Konflikt zwischen ihren Ländern nicht auch zu einem Konflikt zwischen den einzelnen Menschen aus diesen Ländern zu machen.

Das Mädchen mit den Trommeln

Der Wecker klingelt. Stinne reckt sich und schlägt langsam die Augen auf. Noch trunken vom Schlaf, schaut sie durch die Fensterscheibe und erkennt Esbjer nicht. Dort müsste doch die Wiese sein, über die sie immer mit ihren Freunden getollt ist. Doch statt des kunterbunten Blütenteppichs sieht Stinne nur den nassen Beton einer Straße. Sie richtet sich auf, um mehr sehen zu können. Wo ist der Damm, hinter dem glasklares Wasser zum Angeln und Baden lockte? Verschwunden! Esbjer, das kleine dänische Dorf, in dem sie ihr ganzes Leben gewohnt hat, ist wie vom Erdboden verschluckt. Plumps! Stinne fällt zurück ins Bett. Jeden Morgen dasselbe, denkt sie und starrt an die Decke.

Vor 14 Tagen ist die 10-Jährige mit ihren Eltern über die dänische Grenze nach Deutschland gezogen. Mutter und

Vater haben das so entschieden. Na klar! Wer fragt schon ein kleines Mädchen, ob es mit will. Alles ist jetzt weit, weit weg: die Spielgefährten, die kunterbunte Wiese und auch ihre Oma, die den besten dänischen Schweinebraten der Welt macht!

Stinnes Blick wandert durch das Kinderzimmer. Auf dem Schrank liegen ihre Trommeln. Oft hat sie in Esbjer vor ihren Freunden damit gespielt. Schon als sie noch ganz klein war, konnte sie das Trippeln der Mäuschen auf dem Dachboden nachmachen: tippe, tapp, tippe, tapp. Oder das Grollen eines Gewitters, das hinter dem Damm aufzog: bumm, bumm, bumm. Später trommelte sie mit, wenn ihre Lieblingsband „Soap" im Radio spielte. Ihre Freunde tanzten dazu und klatschten. Das war ein Spaß. Seit Stinne in Deutschland wohnt, hat sie nicht mehr getrommelt.

Zeit für die Schule. Flink springt Stinne aus dem Bett. Katzenwäsche muss heute reichen, entscheidet sie. Draußen nieselt feiner Regen aus den grauen Wolken. Die Schule ist nicht weit von der neuen Wohnung entfernt. Vorsichtig lugt sie um die Straßenecke. Der Dicke und der Rothaarige sind nicht zu sehen. Gut so. Stinne ist früh unterwegs, und die Jungen sitzen bestimmt noch zu Hause am Frühstückstisch. Von Anfang an haben der Dicke und der Rothaarige sie wegen ihrer Sprache gehänselt. Weil sie nur Dänisch spricht und die das nicht verstehen. „Die sind doof, mach dir nichts daraus!", hat Julia sie getröstet. Julia ist nett und sitzt in der Klasse neben Stinne. Erst hat sie nicht verstanden, was Julia

damit meinte. Doch dann haben sie darüber gelacht. Auch die anderen Schüler haben gelacht. Nur der Rothaarige und der Dicke nicht. Seitdem findet Stinne, dass „doof" ein lustiges deutsches Wort ist.

„Doof, doof, doof", kichert sie und hüpft die Treppen zum Schulhaus hinauf.

Die ersten beiden Stunden wollen nicht vergehen. Deutsch steht auf dem Stundenplan. Stinne versteht nicht viel. Die Lehrer sind zwar nett, doch Stinne ist immer nervös und unsicher. Endlich erlöst sie das Klingeln zur Pause von ihren Qualen. Geschafft! Sie wird diese Sprache nie verstehen, denkt Stinne traurig.

Spät am Nachmittag sitzt sie an ihrem Schreibtisch. Statt Hausaufgaben zu machen, blättert Stinne in ihrem Fotoalbum mit den vielen schönen Bildern aus Esbjer. Es klingelt. Stinne hüpft flink die Treppen hinunter, doch ihre Mutter Else hat schon aufgemacht. Julia steht vor der Tür.

„Julia möchte dir bei deinen Hausaufgaben helfen", sagt die Mutter. Oben im Kinderzimmer entdeckt Julia sofort das Fotoalbum. An Hausaufgaben ist nicht mehr zu denken! Staunend schaut Julia auf die Fotos von Stinnes alter Heimat: Da ist Stinne mit einem dicken Fisch an der Angel, hier planscht sie im Wasser und dort trommelt sie mit ihren Freunden die Melodien aus dem Radio. Julia ist begeistert und zeigt auf die Trommeln. Flugs klettert Stinne auf einen Stuhl, zieht die Trommeln vom Schrank und legt eine CD ihrer Lieblingsgruppe „Soap" auf. Das erste Lied erklingt, und Stinne schlägt den Takt dazu. Nach einigen Sekunden beginnt Julia zu klatschen. Stinne lacht und trommelt, Julia lacht und tanzt. Oh, ist das ein Spaß!

Thomas Kleiber

Diese Geschichte basiert auf dem Gespräch mit Ina, die gerade mit ihrer Familie nach Deutschland gezogen ist. Im Norden Deutschlands, in Schleswig-Holstein, leben viele Däninen und Dänen, denn dieser Teil Deutschlands gehörte lange Zeit zu Dänemark. Die dänische Minderheit ist dort gut integriert. Dänische Kinder können, wenn sie wollen, auf eine dänisch-sprachige Schule gehen. Es gibt sogar eine politische Partei, die die Anliegen und Wünsche der dänischen Bevölkerungsgruppe vertritt.

OPI, weißt du warum?

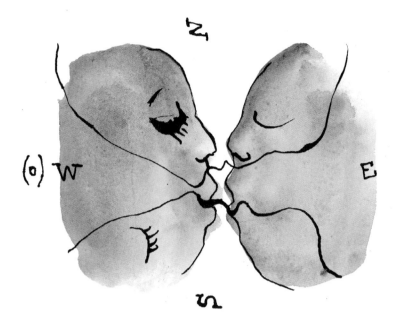

Ein Gespräch mit meinem Enkel Jan hat mich doch sehr ins Grübeln gebracht. Für mich war es sehr erstaunlich, welche Dinge einen 10-Jährigen beschäftigen.

„OPI", sagt er immer dann zu mir, wenn ihn Fragen bewegen, auf die er keine sinnvolle Antwort weiß.

„OPI, ich bin jetzt in der vierten Klasse, und ich habe da viele Freunde. Einer meiner Freunde ist Ausländer. Albaner. Er heißt Valon. Vorgestern wollten wir Handballspielen üben. Du weißt ja, Mama ist im Handballverein. Da war aber keiner, und so haben wir Torwürfe geübt. Mal stand Valon im Tor, mal ich. Dann kam Benni mit drei Freunden. Die haben uns beschimpft, wir sollten verschwinden. Sie haben sich aber nicht getraut, uns zu vertreiben: Wir beide, ich und Valon, sind nähmlich größer und stärker als die. Sie sind dann verschwunden. Wir hatten danach aber keine Lust mehr zu üben. Wir haben uns mitten auf die Spielfläche gesetzt, und Valon hat mir von sich erzählt. OPI, und da habe ich Fragen, weil ich nicht weiß, was es bedeuten soll, was mir Valon erzählt hat."

„Frag oder erzähle es einfach."

„Valon ist einer der Besten bei uns in Deutsch, hat fast immer Einser, besser als ich, aber deswegen bin ich nicht neidisch. Valon sagt, zu Hause sprechen sie Albanisch und schauen albanisches Fernsehen. Die Eltern wollen es so. Wir sind doch aber in Deutschland. Und er sagt, er sei Albaner, obwohl er doch in Deutschland geboren ist. Ich weiß nicht, warum das so ist. OPI, weißt du warum?"

„Ich denke, ich kann dir eine Antwort geben. Die Eltern wollen, dass ihre Kinder die Sprache und Kultur ihrer Vorväter kennen und verstehen. Das gibt es bei uns auch. Ein Bayer ist ein Bayer mit seiner Kultur, ein Sachse ist ein Sachse und so weiter. Alle wollen, dass ihre Kinder ihre Kultur kennen und bewahren. Wobei immer wieder vergessen wird: Egal aus welchem Land wir kommen und welcher Kultur wir angehören, wir sind alle Menschen. Menschen mit Gefühlen, mit Ängsten, mit Freuden, die bei allen gleich sind, unabhängig von Sprache, Religion oder Kultur."

„Valon sagt auch, dass in seinem Land Krieg war und dass es Menschen gibt, die Ausländer nicht mögen. OPI, weißt du

warum?"

„Ja, es ist, ich will es mal ganz einfach zusammenfassen,
das Unverständnis vieler Menschen für andere Lebewesen, für
andere Menschen. Wenn jemand einer anderen Rasse, Kultur
oder Religion angehört, dann passt der, ihrer Meinung nach,
nicht zu ihnen und wird abgelehnt. Denn er denkt und fühlt,
nach Meinung dieser Menschen, anders. Es ist aber nicht so!
Alle Menschen haben dieselben Ängste: Angst vor Krieg,
Angst um ihre Kinder, Verwandten und Freunde! Alle
Menschen freuen sich, wenn sie zum Beispiel etwas
geschenkt bekommen. Jeder Mensch, egal welcher Kultur er
angehört oder welche Hautfarbe er hat, hat Angst vor
schweren Verletzungen in einem Krieg!"

„Also, wenn alle Menschen wüssten, dass der andere

genauso verletzbar ist oder auch so fühlt und denkt wie zum Beispiel ich selber, dann müssten sich doch alle Menschen respektieren. OPI, weißt du, warum das nicht so ist?"

„Nein!"

Rudolf Gürtler

Die Geschichte entstand durch ein Gespräch mit dem 10-jährigen Argon. Argon ist ein Albaner aus dem Kosovo. Das Kosovo, von den Albanern „Kosova" genannt, ist ein Gebiet in Südosteuropa, das offiziell zu dem Land Serbien und Montenegro gehört. Seit dem Kosovo-Krieg vor einigen Jahren gibt es aber auch viele Schritte, um aus dem Kosovo ein eigenständiges Land zu machen. Das Zusammenleben der Menschen im Kosovo, also der Albaner, der Serben und der Roma, ist sehr schwierig. Es gibt kaum Kontakt zwischen ihnen, und es kommt immer wieder zu Gewalt. Einige Menschen aus dem Kosovo, die heute bei uns in Deutschland leben, sind Flüchtlinge. Viele andere sind jedoch schon vor vielen Jahren zum Arbeiten nach Deutschland gekommen. Argons Vater ist zum Beispiel als Journalist hierher gekommen. Er lebt seit 15 Jahren in Deutschland.

Total weit weg!

Eine Weile schon saß ich allein auf der Treppe vor dem großen roten Backsteingebäude. Die Kinder in der neuen Klasse hatten mich freundlich empfangen und ich fühlte mich auch sofort wohl hier. Fast die Hälfte war neu in der Klasse und kannte genau wie ich niemanden. Trotzdem fehlten mir meine Klassenkameraden aus Hamburg. Mir fiel ein, wie Mama auf dem Spielplatz sagte, wir würden schon wieder umziehen – nach Berlin. Dabei waren wir doch gerade erst aus Wien nach Hamburg gezogen. Das machte mich ziemlich traurig. In Hamburg war es doch so schön.

Mama, Papa und ich hatten uns für eine ganz bestimmte Grundschule entschieden. Ich fand, die Lehrer waren sehr nett und auch die Kinder. Plötzlich kam ein Junge auf mich zu. Die Sonne blendete. Ich blinzelte zu ihm hoch. Erst dachte ich, er sei Spanier, weil neben der Regelschule, in die ich gehe, eine deutsch-spanische Schule ist. Aber als er näher kam, sah ich, dass er aus einem ganz anderen Land stammen musste.

„Hi!" Er gab mir die Hand und setzte sich neben mich. Ich erwiderte seinen Gruß.

„Kommst du aus Spanien?", fragte ich neugierig.

„Nein, aus Indien."

„Cool. Das ist total weit weg, oder?"

Der Junge nickte stolz und lächelte. Es schien ihm zu gefallen, dass ich darüber staunte.

„Und du?", wollte er wissen.

„Ich komme aus Hamburg." Es fiel mir schwer, das Wort auszusprechen.

„Das ist total nah dran, oder?", fragte er und fing an zu kichern. Das steckte mich richtig an. Dann fiel mir Jamaika ein. Ich wusste, wenn ich ihm das erzählte, würde auch er staunen.

„Mein Opa war Zahnarzt auf Jamaika. Manchmal ist er mit meiner Oma mit der Fähre nach England gefahren. Da haben sie studiert."

Der Junge wurde ernst. „Das ist total weit weg, oder?"

Wieder lachten wir beide. Dann legte ich richtig los. „Und ich war auch schon zwei Mal in England. Vor dem Palast der Königin. Durfte sogar das Pferd von einem Soldaten streicheln."

„Hast du keinen Schiss gehabt? Pferde sind doch mächtig groß."

Ich schüttelte den Kopf. „Habe ich nicht." Ich kratzte dabei mein Knie, als wäre Pferdestreicheln das Normalste von der Welt.

„Los, weiter", drängelte er. Also verriet ich ihm gleich noch vom letzten Weihnachtsfest in Österreich. Denn Weihnachtsfeste mochte ich gern. Geburtstage aber auch.

Er überlegte. „Ist Österreich auch total weit weg?"

Ich konnte nur raten. „Ich glaub mittel weit weg, oder?"

„Ja, mittel." Er war mit meiner Antwort einverstanden.

„Da sind wir Schlitten gefahren. Und gewohnt haben wir in einem großen Haus. Wo wir acht Personen waren und locker unterkamen. Der Freund von meinem Papa hatte eine Bibliothek. Die hatten wir aber gleich zu einem Spielzimmer umfunktioniert. Das Gute war – das Haus stand im Wald. Da durfte man sich selbst einen Tannenbaum schlagen. Der war sehr schön, der Tannenbaum letztes Jahr. Aber das machten die Papas gemeinsam mit uns Kindern. Die Mamas blieben zu Hause und kochten. Den Baum nahmen wir mit nach Hause und schmückten ihn. Abends haben wir dann gefeiert. Lissy und Andrea, die Kinder der Freunde von Mama und Papa, packten schon alle Geschenke aus. Das fand ich ziemlich blöd. Weil nämlich noch gar keine Bescherung war. Zum

Glück standen überall Namen auf den Geschenken. Da haben sie die wenigstens nicht vertauscht."

„Das war ja echt blöd", grummelte der Junge neben mir verständnisvoll. Und weil er so gebannt zuhörte, erzählte ich ihm gleich noch von Silvester. „Da waren wir im Kino, am Tag. Danach feierten wir ein bisschen. Bis Mitternacht. In Wien kommt immer um 24 Uhr Walzer im Radio, auf jedem Kanal. Erst tanzten wir Walzer, dann gingen wir ins Bett."

Es klingelte. Die Pause war zu Ende. Der Junge neben mir sprang auf. „Wollen wir Freunde sein?", fragte er mich plötzlich.

Ich sah über den Schulhof, dann hoch zu ihm und nickte. „Okay!"

Erst auf dem Weg zu unseren Klassen tauschten wir unsere Namen aus. Seit diesem Tag waren wir dicke Freunde und trafen uns immer in der Pause. Das Wort Hamburg machte mich von da an nur manchmal noch etwas traurig.

Frank Stieper

Die Geschichte bezieht sich auf ein Gespräch mit dem 10-jährigen Ben. Bei Ben sind die Verhältnisse ein wenig anders als bei den anderen Kindern: Seine Eltern kommen beide aus verschiedenen Ländern, aus Jamaika und Großbritannien. Ben musste schon viel umherreisen und umziehen, und dann ist es natürlich schwer, immer wieder neue Freunde zu finden und die alten immer wieder zurückzulassen. Leider passiert das vielen Kindern, und nicht alle finden so schnell Anschluss wie Ben in der Geschichte.

Europa-Schule

Heute ist Montag.

Montag wie Monte, denkt Beppo.

Monte ist italienisch und heißt „Berg". Berge gibt es in Italien viele. Das weiß Beppo genau, denn seine Oma wohnt in Italien in den Bergen.

„Montag ist so ähnlich wie Monte", sagt Beppo zu Toni. Toni versteht das. Toni ist aus Sizilien. Das ist eine Insel vor Italien. Da gibt es ebenfalls Berge und blaues Meer und ein Fußballstadion.

„Montag ist so ähnlich wie Mondo", sagt nun Adrian. Mondo ist auch italienisch und heißt „Welt". Die Welt ist groß, das wissen Beppo, Adrian und Toni. Italien gehört dazu. Wenn sie eine Weltkarte ansehen, finden sie es sofort.

Weil Italien aussieht wie ein Stiefel.

„Italien ist sehr schön. Und damit basta!", sagt Toni immer.

Das finden auch die anderen beiden. Italien liegt in Europa. Dieses Wort kennen Beppo, Adrian und Toni. Ihre Schule heißt Europa-Schule.

„Europa... das ist sozusagen ein ganz großes Land, ein Kontinent...", hat Adrian neulich in der Schule erklären müssen.

„So groß ist es gar nicht", war Beppo ihm ins Wort gefallen. „Nicht so groß wie Afrika."

„Aber es sind ganz viele Länder darin: Spanien, Frankreich, Italien, Deutschland und noch mehr...", hatte sich Adrian verteidigt.

Auch Toni war etwas eingefallen: „Fast alle Länder haben das gleiche Geld. Früher mussten wir noch Geld tauschen, wenn wir nach Italien gefahren sind. Jetzt haben wir den Euro."

Heute ist Dienstag.

Dienstag wie Dio, denkt Toni.

Dio ist italienisch und heißt „Gott".

„Dio sei Dank!", ruft Tonis Mama. Toni muss lachen, weil seine Mama Deutsch und Italienisch mischt. Das passiert ihm auch manchmal. Er kann beide Sprachen. Und deshalb geht er auf die Europa-Schule, genau wie Adrian und Beppo. In ihrer Klasse wird Deutsch und Italienisch gesprochen. Sie haben auch zwei Lehrerinnen. Eine ist Deutsche und eine Italienerin. Nett sind sie beide.

„Egal, aus welchem Land, es gibt immer Blöde und

Nette", findet Adrian, „blöde und nette Kinder – und blöde
und nette Lehrer."

Aber das finden nicht alle.

„Alle Italiener sind behindert!", hat einmal ein Junge zu
Toni gesagt.

So etwas mag Beppo nicht: „Wenn einer italienisch ist, da
muss man doch gar nichts zu sagen. Wenn einer, der ganz
weiß ist, mal nach Afrika fährt, dann sagen die Leute doch
auch nicht: ‚Du siehst aus wie ein Käse, wie ein Käsemann
oder so was!'"

Heute ist Mittwoch. Es ist der letzte Schultag vor den
Ferien. Mittwoch wie mio, denkt Adrian. Mio ist italienisch
und heißt „mein". Adrians Nachbarin hat einmal gelacht und

gesagt, dass sich mio so anhört wie „miau".

„Wieso sagst du so oft ‚miau'?", wollte sie wissen.

Da hat ihr Adrian erklärt, dass das italienisch ist. Und dass er ein Römer ist.

„Römer wohnen in Rom und Rom ist die Hauptstadt von Italien", hat er gesagt.

„Aber Berliner bin ich auch. Und damit basta!"

Es war schon toll, auf die Europa-Schule zu gehen und beide Sprachen zu sprechen.

Das finden auch Toni und Beppo.

Marie Becher

Die Geschichte basiert auf dem Gespräch mit den drei Jungen Mario und Luis, beide acht Jahre alt, und Luigi, neun Jahre alt. Sie alle kommen aus Italien, das eines der südlichen europäischen Länder ist. Italien ist bekannt für seine Pizza und seine „Pasta", aber natürlich gibt es dort auch noch vieles andere zu bewundern. Zum Beispiel ist Italien schon seit langer Zeit ein sehr wichtiger Bestandteil der europäischen Geschichte. Rom, die Hauptstadt Italiens, war vor vielen hundert Jahren die wichtigste Stadt Europas, vor allem zu Zeiten des Römischen Reiches. Auch Italien gehört zur Europäischen Union, kurz „EU" genannt.

Der König vom Zuckerfest

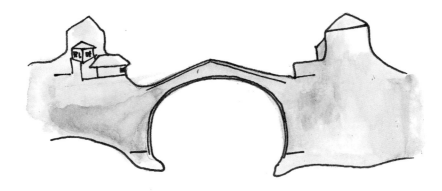

Emir geht gern in die Schule. Er ist in Mathe einer der Schnellsten, schneller als Ozan. Und manchmal auch schneller als Lukas. Beim Fußball ist Ozan besser. Er zeigt Emir alles, was er von seinem Vater gelernt hat. Ozans Vater war richtiger Profi-Trainer in der Türkei. Und Ozan ist ein richtiger Freund. Lukas dagegen…

„Lukas ist mein Feind", hat Emir neulich zu Ozan gesagt. Auf dem Weg zum Hort hatte Lukas ihm aufgelauert, zusammen mit seinem großen Bruder. Er hatte ihn beschimpft mit Worten, die Emir wie Messerstiche trafen, die sich im Bauch zusammenballten zu einer großen Faust aus Wut. Er wollte auf Lukas losgehen, bedachte aber rechtzeitig, wie stark Lukas' Bruder war und ging einfach weiter, mit der Faust im Bauch.

„Was hat er gemacht?", wollte Ozan wissen, als sie im Hort gemeinsam bei den Hausaufgaben saßen.

„Meine Mutter beleidigt", sagte Emir nur. Er wiederholte die Worte nicht.

„Mit dem bin ich im Krieg", sagte Emir und blickte düster drein.

Ozan baute sich vor ihm auf, ballerte um sich, als hätte er ein schweres Maschinengewehr in der Hand und lachte dabei. Für Ozan war es ein Spiel, das wusste Emir. Für ihn war es das nicht. Krieg hatte es in seinem Land gegeben. In Bosnien. Emir war nicht dabei, er ist in Deutschland aufgewachsen. Aber er hat, als sie einmal dort zu Besuch waren, zerstörte Häuser gesehen. Emirs Mutter hatte dort früher einen Bruder. „Der Krieg hat ihn genommen", sagte sie einmal und weinte. Emir hat das nicht ganz verstanden. Aber er hat nie nachgefragt, damit seine Mutter nicht wieder weinte. Oft versucht er sich vorzustellen, wer der Feind von seinem Onkel war. So einer wie Lukas? Mit Ozan zusammen vergaß Emir seine Wut. Aber er wusste, dass Lukas sie schon bald zu spüren bekommen würde.

Es dauerte nicht lange. Und doch kam alles ganz anders – so überraschend, dass Emir bis heute nicht ganz versteht, was geschah.

Es hatte mit Mathe und mit Bayram zu tun. Die Lehrerin sagte: „In diesem Jahr fallen Bayram und Nikolaus auf einen Tag. Wollen wir nicht in der Klasse zusammen feiern – ein großes Nikolaus-Bayram-Fest?" Lautes Gejubel war die

Antwort. Alle muslimischen Kinder lieben Bayram, auch „Zuckerfest" genannt – die drei Abschlusstage am Ende der Fastenzeit, an denen die Kinder beschenkt werden. „Zu Nikolaus stelle ich alle meine Schuhe raus, und morgens sind alle randvoll mit Geschenken", prahlte Lukas dazwischen, aber niemand achtete auf ihn. Alle wollten von zu Hause besondere Speisen mitbringen und ein großes Buffet machen.

Nach einer Weile sagte die Lehrerin: „Jetzt stelle ich euch eine besondere Aufgabe. Wer sie löst, wird ‚König oder Königin vom Zuckerfest' und darf als erster alle Leckereien vom Buffet aussuchen. Also, zugehört: Ihr müsst wissen, dass der muslimische Kalender zehn Tage kürzer ist als unser heutiger christlicher Kalender. Letztes Jahr war Bayram am 16. Dezember, in diesem Jahr fällt es auf den 6. Dezember. Das Jahr zählt in der Regel 365 Tage. Die Frage lautet: Wie viele Jahre braucht es, bis Zuckerfest und Nikolaus wieder auf einen Tag fallen?" Emir rechnete schnell. Er war kurz davor, eine Lösung zu finden, als Lukas sich stürmisch meldete und die Zahl in den Raum rief. Sie war richtig!

So wurde Lukas zum „König vom Zuckerfest" ernannt. Ausgerechnet der! Emir kochte vor Wut. Auf dem Nachhauseweg rief Lukas ihm spöttisch hinterher: „Von deinem Essen rühr ich nichts an!" – „Besser so", rief Emir zurück, „die Hand hack ich dir ab, wenn du es nur versuchst!"

Emirs Mutter versprach sofort, eine große Menge von Emirs Lieblingskeksen zu backen. Seine Eltern fasteten zwar nie und gingen auch nur selten in die Moschee, aber an

Bayram wurde auch Emir mit Süßigkeiten und Geld beschenkt. Doch dann überfiel wieder dieser Kopfschmerz seine Mutter, ausgerechnet am Tag vor dem Klassenfest. Emir setzte sich zu ihr ans Bett, stumm vor Schreck über ihr blasses Gesicht, dessen eine Hälfte schlaff und alt aussah. „Papa gibt dir Geld", sagte sie matt, „kauf Chips, das mögen die Kinder doch auch."

Emir verließ lustlos die Wohnung. Unten im Haus gab es einen Pizza-Imbiss. Emir schlenderte hinein. Der Imbiss war ausnahmsweise leer, trotzdem arbeitete Ahmed schwer. „Alle feiern heute. Ich muss 36 Minipizzen backen – für alle Kinder aus der Familie und ihre Freunde! Was ist mit dir – feierst du heute nicht mit deinen Verwandten?" Emir antwortete nicht. „Ich helf dir", sagte er. Das hatte er schon oft getan. Gekonnt formte er kleine Bälle aus Hefeteig. Einen nach dem anderen. Und langsam begann er zu erzählen. Von Lukas erzählte er, von der Faust im Bauch und von dem Bruder seiner Mutter, der im Krieg gestorben ist. Am Ende sagte er: „Deshalb gehe ich morgen nicht dahin." – „Kommt gar nicht in Frage", antwortete Ahmed, „da hab ich eine viel bessere Idee."

Der Tisch bog sich unter der Last der Leckereien, als Emir am nächsten Tag seinen Klassenraum betrat. Nur er war mit leeren Händen gekommen. Lukas, der „König", stopfte sich Teller und Taschen mit dem Besten voll, was es gab. Plötzlich ertönte draußen eine laute Glocke. Alle Kinder stürzten an die Fenster. Unten auf dem Schulhof stand

Ahmed neben seinem roten Lieferwagen und brüllte über
den ganzen Schulhof: „Eine Extrabestellung auf den Namen
Emir für die Klasse 4b – ist das hier richtig?" Kurz
darauf balancierte er einen Turm mit sechsundzwanzig
Pappschachteln hinauf in den dritten Stock.

Keiner konnte dem Duft von Ahmeds Pizzen widerstehen,
selbst die Lehrerin nicht. Nur Lukas blätterte hinten in der
Ecke verstohlen in einem Mathebuch. Da griff Emir nach
einer Pizzaschachtel, ging auf Lukas zu und reichte sie ihm.
„Nimm schon", sagte er großmütig, „das mit dem Handabhacken
war nur ein Spaß."

Lukas aß die Pizza. Beleidigt hat er Emir seitdem nie mehr.

Margret Iversen

Die Geschichte entstand auf der Grundlage eines Gesprächs mit dem 11-jährigen Adi. Seine Familie kommt aus Bosnien-Herzegowina, aber er selber ist schon in Deutschland geboren. Er hat Glück gehabt, dass seine Familie schon lange in Deutschland ist. Denn es gab vor nicht allzu langer Zeit einen schlimmen Krieg in Bosnien, das früher zu einem Land namens Jugoslawien gehört hat und heute ein selbstständiges Land ist. Eine Besonderheit von Bosnien-Herzegowina ist, dass in dem Land Menschen mit drei unterschiedlichen Religionen leben. Die Lehrerin in der Geschichte macht etwas, was nicht viele Menschen können: Sie verbindet zwei Religionen an einem wichtigen Feiertag, ohne dass es ein Problem gibt. So kann die ganze Klasse die jeweiligen Feste gemeinsam feiern.

Aysa und die grünen Schuhe

Mit einem lauten Knall flog die Tür auf. Es war nach der Sportstunde. Eigentlich durfte kein Junge in die Umkleidekabine der Mädchen und kein Mädchen in die Umkleidekabine der Jungen, aber natürlich versuchte der freche Christoph es doch immer wieder, sobald die Lehrerin in ihrer eigenen Umkleidekabine verschwunden war. Auch heute rannte er quer durch den Raum, alle Mädchen begannen zu schreien. Draußen standen die anderen Jungen und lachten sich kaputt. Aysa schrie nicht mit. Lautes Schreien war ihr immer etwas unheimlich.

Aber was war das? Plötzlich fegte Christoph mit Affenzahn an ihrem Platz vorbei, griff sich ihre Schuhe, die sie noch nicht wieder angezogen hatte, und weg war er durch die zweite Tür in Richtung Pausenhof. Aysa war erst mal so überrascht, dass sie vor lauter Erstarrung gar nicht hätte schreien können, selbst wenn sie gewollt hätte. Die meisten anderen Mädchen hatten ihre Schuhe schon wieder angezogen und liefen, laut rufend, hinter Christoph her auf den Pausenhof. Die Jungen natürlich auch. Und was sollte

Aysa machen? Sie musste ja ihre Schuhe zurückerobern, aber sie konnte doch nicht mit ihren dünnen Gymnastikschuhen nach draußen laufen?

Aysa überlegte einen Moment. Da fiel ihr Blick auf das Paar grüner Schuhe in der Ecke der Umkleidekabine, die irgendjemand wohl mal dort vergessen hatte. Ob sie die ausleihen konnte, um ihre eigenen Schuhe wieder zu bekommen? Ja, klar, entschied Aysa, schlüpfte in die beiden Schuhe und wollte loslaufen.

Doch was war das? Sie lief zwar, doch nicht etwa in der Schule, sondern mitten im Park neben ihrem Wohnhaus! Wie war das geschehen? „Aysa, wo läufst du denn hin? Hier sitzen wir doch!", rief es plötzlich von links. Aysa blickte sich um, und da saßen wirklich alle: ihre Mama, ihr Papa, ihre große Schwester, ihre Tanten und Onkel mit deren Kindern. Insgesamt sicher über 20 Menschen. Sie saßen in zwei Kreisen auf dem Gras, links die Frauen, rechts die Männer und zwischen ihnen der Grill, von dem es lecker nach gegrilltem Fleisch roch. Aysa merkte, dass sie großen Hunger hatte. Sie zog ihre Schuhe aus und warf sie auf den Schuhberg, der sich neben ihrem Grillplatz mit allen Schuhen der picknickenden Familienmitglieder angesammelt hatte. Dann setzte sie sich zu den Frauen in das Gras. Grillen im Park war wirklich eine schöne Sache: Sonne, leckeres Essen und viele Kinder zum Spielen. Nur die Erwachsenen redeten wie immer langweiliges Zeug, fand Aysa. Aber ihre große Schwester Elif, die 20 Jahre alt war und eigentlich auch

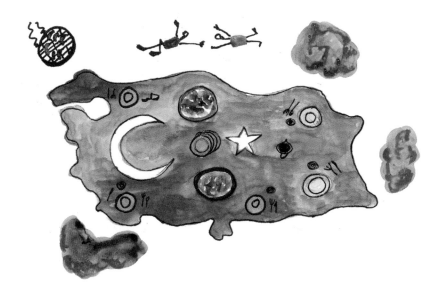

schon zu den Erwachsenen gehörte, war nicht so langweilig.
Sie sagte immer lustige Sachen und konnte alle zum Lachen
bringen. Jetzt erzählte sie gerade eine Geschichte von ihrer
Arbeit. Sie arbeitete in einem Reisebüro, wo auch viele
Deutsche ihre Reisen buchten. Seit Elif sich vor einigen
Monaten entschlossen hatte, ein Kopftuch zu tragen, das
ihre Haare bedeckte, kam sie immer wieder mit merkwürdigen
Geschichten über die Reaktionen der Kunden im Reisebüro
nach Hause. Aysa war selber auch überrascht gewesen, als sie
ihre Schwester zum ersten Mal mit Kopftuch gesehen hatte.
In ihrer Familie trugen die meisten Frauen kein Kopftuch.
Aber einige der Tanten waren auch der Meinung, dass sie als
gläubige Musliminnen ihre Haare bedecken müssten, und
trugen deshalb Kopftücher. Zwei von den Tanten trugen
auch ein Kopftuch, weil ihre Männer das so wollten, aber in
Aysas Familie hatte deswegen noch keiner etwas zu ihr oder

ihrer Schwester gesagt. Aysa machte es sich im Gras bequem. Essen, klönen, spielen... die Zeit verging wie im Fluge.

Langsam wurde es dunkel und ruhiger um sie herum im Park. Die Erwachsenen fingen an, alles zusammenzupacken, um zurück nach Hause zu gehen. Aysa suchte ihre Schuhe, aber irgendwie waren sie in dem ganzen Berg von Schuhen nicht zu finden. Wahrscheinlich hatte ihre Schwester, die tatsächlich die gleiche Schuhgröße wie sie hatte, sich einen Scherz erlaubt und Aysas Schuhe angezogen. Nun, dann musste sie sich wohl andere Schuhe aus dem Haufen aussuchen! Welche sollte sie nehmen? Vielleicht die hübschen roten? Oder die blauen? Nein, die bunten ganz unten sollten es sein! Aysa griff die beiden Schuhe und schlüpfte hinein.

Plötzlich war die Ruhe vorbei. Ein ohrenbetäubendes Geschrei erzwang ihre Aufmerksamkeit. Der Park war verschwunden, und Aysa war wieder in der Umkleidekabine ihrer Schule. Vor ihr stand Susi und fuchtelte mit etwas vor ihrem Gesicht herum: „Aysa, hörst du mir zu? Hier, wir haben deine Schuhe gerettet! Wir Mädels sind doch viel schneller als der dumme Christoph und die anderen Jungs!" Für einen Moment war Aysa total verwirrt. Dann fing sie an, über sich selber zu lachen und sagte: „Danke, Susi, das ist aber lieb von euch! – Sag mal, geht ihr eigentlich am Wochenende auch immer in den Park zum Grillen? Wollen wir nicht mal zusammen gehen?"

Nele Julius

129

Diese Geschichte entstand auf der Grundlage des Gesprächs mit der 9-jährigen Akasma, deren Großeltern 1962 als so genannte Gastarbeiter aus der Türkei nach Deutschland gekommen waren. „Gastarbeiter" wurden Menschen genannt, die Deutschland eingeladen hatte, nach Deutschland zu kommen, um hier zu arbeiten. Wie viele andere dieser „Gastarbeiter" auch, hatten Akasmas Großeltern eigentlich geplant, nur einige Jahre in Deutschland zu arbeiten und dann mit dem gesparten Geld in ihr türkisches Heimatdorf zurückzukehren. Aber dann hatten sie sich in Deutschland eingelebt, hatten sich einen neuen Freundeskreis aufgebaut, und ihre Kinder waren in die Schule gekommen. Inzwischen lebt mit Akasma und ihrer Schwester die dritte Generation ihrer Familie in Deutschland.

Ich habe einen Traum gehabt, Mama

Mama, gestern Abend habe ich das fünfte Buch von Harry Potter angefangen. Natürlich erst, nachdem ich meine Hausaufgaben gemacht hatte. Wann immer ich ein Buch von Harry Potter lese, fange ich an, mich als jemand anderes zu sehen. Aber ich sehe mich nicht als einen seiner Helden, sondern wirklich als jemand ganz anderes. Ich habe dir das schon mal erzählt, Mama; du weißt, ich bin dann mit Kindern zusammen, mit vielen verschiedenen Kindern an unterschiedlichen Orten.

Letzte Nacht konnte ich nur schwer einschlafen. Ich habe dann aber so stark geträumt, dass ich mir alles bis jetzt merken kann, jedes Detail! Ich kann mich an alles erinnern. Wenn du möchtest, erzähle ich dir von meinem Traum.

In meinem Traum war ich ein Kind namens Jana. Meine Eltern zogen von Russland nach Berlin. Ich wurde in Berlin geboren. Warum sie ihre Heimat verlassen haben, um in einem fremden Land zu leben, wusste ich nicht. Wahrscheinlich haben sie auch an mich gedacht, an meine Zukunft, deswegen sind sie in diese schöne, große Stadt gezogen. Zu Hause haben wir nicht aufgehört, Russisch zu sprechen. Ich ging sogar in eine russische Schule, um die Sprache nicht zu verlernen.

In den Ferien fuhren wir nach Russland, dort lebten viele meiner Freunde. Ich vermisste meine Freunde sehr, sie fehlten mir in Berlin. Wenn sie mich fragten, wo ich lieber wohnen würde, sagte ich trotzdem in Berlin.

Geschwister hatte ich keine, obwohl ich mir immer schon einen großen Bruder oder eine Schwester gewünscht hatte. Aber meine Eltern kauften mir im Traum stattdessen eine Katze. Ich liebte meine Katze sehr. Irgendwann fing ich dann an, alles über Tiere wissen zu wollen. Ich wollte Tierärztin werden, und das erzählte ich dann auch jedem in meinem Traum.

Manchmal spielte ich sogar mit den Jungen Fußball. Stell dir vor, in meinem Traum war ich Torwart! Ein unüberwindbarer Torwart!

In unserer Klasse gab es polnische, türkische und deutsche Kinder. Sie lernten von mir russische Worte, wie „ich liebe dich". Auch ich lernte manche Wörter aus ihren Sprachen, so wie „merhaba".

Wie sehr kennen Kinder Gott, Mama? In meinem Traum traf ich sogar Gott! Er sah aus wie eine Zeichentrickfigur, und überall wuchsen ihm Haare! Bin ich gläubig, Mama? Wie werden Kinder gläubig?

Sind Mädchen ängstlicher als Jungen, Mama? Haben Jungen – oder haben Mütter und Väter – in ihren Träumen nie Angst? Gibt es jemanden, der nie Angst hat? Also, ich habe schon manchmal Angst, und in dem Traum hatte ich auch Angst. Da war alles sehr fremd, die Stadt und die Menschen, und ich konnte so vieles nicht verstehen.

Im Traum konnte ich auch zaubern. Ich wollte die Kinder verhexen, nur so ein bisschen, ohne sie zu erschrecken. Wieso sind Hexen eigentlich immer Frauen, Mama? Gibt es auch Hexer? Warum wollen Hexen den Menschen immer etwas Schlechtes antun? Ich möchte niemals eine Hexe werden, aber manchen lustigen Zauberspruch würde ich gerne lernen.

Ich wäre gern mit einem Schmetterling befreundet. Ein Schmetterling kann nicht sprechen, oder? Schmetterlinge können auch nicht die ganze Welt bereisen. Aber sie können auf Blumen, Bäumen, Wiesen und Hecken landen. Ob Schmetterlinge wohl auch träumen können? Woher kommen die Farben auf ihren Flügeln, Mama?

In meinem Traum waren dauernd Wellen, die mich fortreißen und an andere Orte bringen wollten. Auf den Wellen befanden sich Piraten, die hatten große Schwerter. Sie sprangen herum und tanzten ganz wild. Unter ihnen war auch meine Katze und die Autorin von Harry Potter. Der

zeigte ich das Buch, das ich gerade las. Wir wollten uns ein bisschen unterhalten, da habe ich ein ganz langes und lautes Hornsignal gehört, so wie die Schiffe tuten, wenn sie in die Häfen einlaufen. Meine Klassenkameraden kamen, wie Piraten angezogen, direkt auf mich zu, und ich war auf einmal ganz allein und stand da am Strand und habe Muscheln gesammelt. Sie zeigten mir die Schätze der Piraten, alles glänzte und funkelte, das war so ein bisschen ein Gefühl, als ob man mitten im Paradies wäre! Wenn ich an das Paradies denke, dann muss ich an einen Garten in Russland denken, in dem ich mit meinen Freunden

Verstecken spielte. Das Paradies ist ein Ort mit einem Garten, nicht wahr, Mama?

Mann, der Traum ist immer noch ganz frisch, Mama! Was meine Klassenkameraden wohl sagen würden, wenn ich auf einem Besen fliegend in die Schule käme?

In meinem Traum habe ich geträumt... Soll ich dir davon erzählen, Mama?

Gültekin Emre

Die Geschichte basiert auf einem Gespräch mit der 10-jährigen Olga. Olga ist mit ihrer Familie aus Nowgorod nach Deutschland gekommen. Nowgorod ist eine Stadt südlich von Moskau in der Russischen Föderation. Die Russische Föderation ist ein sehr großes Land. Dort ist es nicht nur deshalb schwierig als Ausländerin oder Ausländer etwas zu verstehen, weil alles auf Russisch geschrieben ist, sondern auch weil man dort ein anderes Alphabet verwendet: Alles wird mit kyrillischen Buchstaben geschrieben.

Olga vermisst Nowgorod manchmal sehr. Dann träumt sie davon. Trotzdem will sie aber mit ihrer Familie auf jeden Fall in Deutschland bleiben.

Tränen in den Augen

Lara saß in ihrem Zimmer auf dem Boden und weinte. Sie versuchte, ganz leise zu weinen. Ihre Mutter sollte sie nicht hören, sie würde Fragen stellen, und Lara wollte nicht über ihren Kummer sprechen. Laras Mutter ist sehr temperamentvoll und schimpft manchmal aus heiterem Himmel. Zumindest versteht Lara oft nicht, warum sich ihre Mutter aufregt. Also weinte sie so leise, wie sie konnte. Die Tränen kamen ohne Ende und kullerten ganz heiß über Laras Wangen. Das war fast schon wieder ein schönes Gefühl. Ganz und gar nicht schön war aber, was am Vormittag in der Schule passiert war.

Zuerst beschwerte sich die Lehrerin, weil sie ihre

Hausaufgaben nicht gemacht hatte. Aber das war nicht das erste Mal und deshalb auch nicht so schlimm für Lara. Auch, dass die Lehrerin beim Vorlesen so tut, als sei Lara nicht anwesend, daran hat sie sich gewöhnt. Alle wissen, dass sie nur Namen in großen Druckbuchstaben lesen und schreiben kann. Sie hat es ihnen schon hundertmal gesagt: „Ich kann nicht lesen. Ich kann nicht schreiben. Ich kann es einfach nicht." Aber heute rief Piet plötzlich ganz laut: „Wer nicht lesen kann, ist doof, doof, doof", und alle Klassenkameraden starrten sie an und lachten. Da schämte sich Lara zum ersten Mal ganz doll. Sie wurde rot und wollte eine freche Antwort geben. „Ist mir doch egal!" oder „Geht dich gar nichts an!", doch ihr blieb die Wut im Hals stecken. Die Lehrerin sagte nur: „Bitte, Piet, sei ruhig und störe nicht." Lara schnappte ihre Sachen und rannte nach draußen. Sie wollte niemanden sehen und sprechen. Was hätte sie auch sagen sollen: „Ich bin gar nicht doof. Ich kann sehr gut singen und ganz schnell rennen!"? Also lief sie sofort nach Hause und schlich sich auf Zehenspitzen in ihr Zimmer.

Piet ist eigentlich kein fieser oder frecher Junge. Er hat weißblonde Haare, nette Grübchen und ist supergut in Sport. Seine Eltern sind irgendwie lustig. Die Mutter sieht aus wie eine Italienerin, kommt aber aus dem Schwarzwald und der Vater sieht aus wie Piet. Ist natürlich größer und viel älter und kommt aus Holland. Lara weiß das so gut, weil Piet so gern von Zuhause erzählt und ihnen von dem weichen holländischen Brot mit Pindakaas vorschwärmt. Außerdem sieht sie es, wenn Piet von seiner Mutter im Auto abgeholt wird. Dann fahren sie zusammen zum Supermarkt. Piet hilft seiner Mutter beim Einkaufen. Lara hat ihn auch schon dabei beobachtet. Sie hat sich hinter den Regalen versteckt und fand ihn ganz toll, weil er zwischen all den Schachteln und Dosen so selbstsicher und lässig aussah. Ab und zu rief seine Mutter ihm etwas zu, er lachte dann und warf noch mehr in den Wagen. Lara gefiel das ziemlich gut.

Und dann sagt genau der Junge, der sonst immer lieb und cool ist, so einen gemeinen Satz zu ihr. Sie durfte gar nicht daran denken, dann kamen ihr schon wieder die Tränen. So ein Blödmann. Was fällt dem ein. Ach, er hat ja recht. Sie würde ja gerne richtig lesen und schreiben können. So wie all die anderen auch. Aber es ist so schwer, so schwer! Gudrun vom Kinderclub übt oft nach der Schule mit ihr. Manchmal ist Lara zu müde zum Lernen oder sie ist abgelenkt, weil sich irgendjemand aus der Gruppe mit ihr zanken will. In Peru, wo ihre Familie herkommt, können ganz viele Menschen nicht lesen und schreiben. „Ach, aber ich sitze hier in meinem kleinen Zimmer und muss morgen wieder in die blöde Schule."

Diese Gedanken gingen Lara durch den Kopf.

Am nächsten Morgen geht Lara nur zögernd an ihren Sitzplatz und findet ein orangefarbenes Briefchen auf dem Tisch. Sie reißt es ganz schnell an sich. In der Hoffnung, dass es kein anderer in der Klasse gesehen hat. Sie will nicht geneckt oder geärgert werden. Heute schon gar nicht. Sie ist

immer noch sauer und traurig. Sie schaut ganz verstohlen auf das kleine Briefchen. Auf der Vorderseite steht L A R A, sie dreht es um, da steht P 1 E T. Oh weh! Und jetzt? Sie klappt das gefaltete Papier auf und zählt sechs Buchstaben: S – O – R – R – 1 – E.

Hilflos schaut sie von dem geheimnisvollen Brief auf. Vor ihr steht Piet und guckt sie ganz lieb an: „Das ist Niederländisch und heißt ‚Entschuldige'. Hat mir mein Papa beigebracht. Es tut mir leid, wenn ich dich gestern beleidigt habe. Wollen wir heute Nachmittag zusammen üben? Es gibt auch etwas zu Naschen."

Iris Schuhmacher

Diese Geschichte bezieht sich auf das Gespräch mit dem peruanischen Mädchen Isabella. Isabella geht in die dritte Grundschulklasse. Sie kann aber immer noch nicht lesen und schreiben. In Peru, wo ihre Familie herkommt, können viele Menschen nicht lesen und schreiben. Das liegt einerseits daran, dass es kein so gutes Schulsystem gibt wie in Deutschland. Andererseits gibt es dort aber auch einfach viele Menschen, auch Kinder und Jugendliche, die keine Zeit haben, um in die Schule zu gehen, weil sie arbeiten und Geld verdienen müssen. Aber Isabella lebt jetzt in Deutschland und geht hier zur Schule. Wenn sie Hilfe und Unterstützung von ihrer Lehrerin, ihren Klassenkameradinnen und Klassenkameraden und anderen Menschen bekommt, kann sie doch noch Lesen und Schreiben und vieles mehr lernen.

Danksagung

Dieses Lesebuch wäre nicht möglich gewesen, wenn nicht viele Menschen das Projekt mit viel Enthusiasmus unterstützt hätten. Unser besonderer Dank gilt:

Scot McElvany, Sarah Riese und Johannes Ganser

allen Kindern und ihren Familien, deren Gespräche die Grundlage der Geschichten sind

Peter Abraham, Monika Bahr, David Chotjewitz, Gültekin Emre, Erwin Grosche, Margret Iversen, Hans Gärtner, Rudolf Gürtler, Ilse Kleberger, Thomas Kleiber, Serena Klein, Manfred Mai, Lene Mayer-Skumanz, Klaus Meyer-Bernitz, Petra Mönter, Susanne Oehmsen, Gunter Preuß, Dierk Rohdenburg, Iris Schuhmacher, Frank Stieper, Renate Welsh, Rainer Zeichhardt

Charley Case

Adam Naparty

dem Programm „ENTIMON – gemeinsam gegen Gewalt und Rechtsextremismus" des BMFSFJ & gsub mbH

dem Innenministerium des Landes Schleswig-Holstein Aufklärungskampagne gegen Fremdenfeindlichkeit und Extremismus „Fairständnis"

der Botschaft der Republik Türkei in Berlin

dem Institut für Qualitätsentwicklung an Schulen Schleswig-Holstein

dem Ministerium für Bildung, Wissenschaft, Forschung und
Kultur des Landes Schleswig-Holstein

dem Ministerium für Bildung, Wissenschaft und Kultur
Mecklenburg-Vorpommern

der Senatsverwaltung für Bildung, Jugend und Sport
Berlin

der Beauftragten der Bundesregierung für Migration,
Flüchtlinge und Integration Frau Marieluise Beck

dem Beauftragten für Flüchtlings-, Asyl- und
Zuwanderungsfragen des Landes Schleswig-Holstein
Herrn Helmut Frenz

Katharina Beer, Sanela Bumbar, Ricarda Otte und Felix Wolf

Carsten Eickhof

Angelika Becher, Sabine Duwe-Bendixen, Gabriele Kalhorn
und Katrin Wiethege

den vielen anderen, die uns auf die eine oder andere Weise
unterstützt und unseren Stress in den letzten Monaten gedudig
ertragen haben

... und allen Lehrerinnen und Lehrern, die dieses Buch und
seine Inhalte in ihren Unterricht aufnehmen!

CommunityArts e.V.

CommunityArts e.V. mit seinem Sitz in Ahrensburg (Kreis Stormarn) und einem Büro in Berlin hat langjährige Erfahrung im Bereich interkultureller Projekte, politischer Bildungsarbeit und praktischer Kinder- und Jugendarbeit in Deutschland, verschiedenen Ländern Südosteuropas und den USA. Alle Projekte stehen in direkter Verbindung mit den Zielen des Vereins: Der Sensibilisierung von jungen Menschen für kulturelle, politische und soziale Themen und Zusammenhänge, der Bildungsarbeit, der Förderung der individuellen Persönlichkeitsentwicklung, dem interkulturellen Dialog und der Toleranz.

Herausragende Projekte von CommunityArts e.V. sind das „Between-the-Lines"-Seminarprogramm 2001 und 2004, die Konferenz „Exposing Europe: Europäische Integration und Nationale Identitäten", das Begegnungsprojekt „In Abwesenheit der Mauer" mit ost- und westdeutschen Schülerinnen und Schülern und die Seminarreihe „Map Yourself" mit deutschen und nicht-deutschen Schülerinnen und Schülern in Deutschland.

Die Projekte finden jeweils in Zusammenarbeit mit Fachleuten aus verschiedenen Bereichen und oftmals in Kooperation mit anderen Organisationen, Schulen oder Einzelpersonen statt.

Das Projekt, ein Lesebuch gegen Fremdenfeindlichkeit für Grundschülerinnen und Grundschüler zu entwickeln und einen zugehörigen Lehrerbegleitband zu gestalten, wurde in Zusammenarbeit mit vielen anderen Einzelpersonen und Institutionen realisiert. Begleitend zu dem Lesebuch hat CommunityArts e.V. außerdem verschiedene Workshops zu den Themenbereichen Fremdenfeindlichkeit, Interkulturelles Lernen und Toleranz entwickelt, die im Unterricht eingesetzt werden können.

Kontakt:
CommunityArts e.V.
Eisenbahnstraße 12
10997 Berlin

Telefon: 030-797 418 62
Fax: 030-797 418 63

E-Mail: info@communityarts.de
Internet: www.communityarts.de